TILADROPA

Une nouvelle de

Charles Vella (scénario)
Flavie Gillot (illustrations)

TILADROPA

Une nouvelle de

Charles Vella (scénario)
Flavie Gillot (illustrations)

Charles Vella

Flavie Gillot

Achevé en 2024
ISBN : 978-2-3225-5082-1

Le texte est sous copyright ; 00072745-1

Contactez-moi, pros ou fans : charles.la.grotte@gmx.fr
lescreadefla@gmail.com
Comme King Ju, j'ai pris des petits bouts de trucs, je les ai assemblés ensemble et regardés le résultat tranquille, dans ma chambre. J'espère qu'il te plaira.

Toute ressemblance avec des faits et des personnages existants ou ayant existé serait purement fortuite et ne pourrait être que le fruit d'une pure coïncidence.
Instagram @phoenixlecture (Pas toujours actif...)

Merci d'avoir acheté et/ou lu le livre.
Phoenix
++

© Charles Vella, Flavie Gillot, 2024
Édition : BoD • Books on Demand GmbH, In de Tarpen 42,
22848 Norderstedt (Allemagne)
Impression : Libri Plureos GmbH, Friedensallee 273,
22763 Hamburg (Allemagne)
Dépôt légal : Octobre 2024

REMERCIEMENTS DE CHARLES

Kathy, Joëlle, Manon… Mes anciennes Charlie's Angels… À l'époque des années 2021 où j'avais déjà commencé ce livre, etc.

Monsieur Lubszynski, l'hypnotiseur qui a sauvé ma peau plus d'une fois.

Esmeralda (la correctrice) et Kathy (la même !) qui a corrigé également. Ainsi que Christelle & Amandine.

Et à toi… Je n'écris pas pour toi, j'écris seulement pour le sentiment que j'ai de toi, tu m'as apporté beaucoup d'amour en si peu de temps, tu as très bien tourné la page (enfin, je crois !), pas moi : /… Merci, au moins, de m'inspirer de bons romans…

À ma maman qui est mon ange gardien…Elle m'a littéralement sauvé la vie bien des fois. Même si je ne sais pas si elle va lire ce livre, elle m'aime sous bien d'autres aspects.

À ma sœur et à ma grand-mère que j'aime… Elles et ma mère sont les trois autres piliers de mon temple.

À toute l'équipe soignante du CH Sainte Marie, et tout ce qui gravite autour. Le Docteur Ramona qui assure comme psy. Les infirmières et les infirmiers, les éducateurs, Patrick qui m'a précisément réappris à marcher… Toutes les belles rencontres que j'ai pu faire…

À tous mes Followers…. À mes amis, même si l'amitié est bien fragile et plus facile à détruire qu'à construire, merci Xavier, 13 ans d'amitié. Merci Juliette ! De remplaçante pour Xavier, tu es passée à meilleure amie, peut-être que je n'ai jamais eu.

À tous ceux et toutes celles qui ont cru en moi, ne serait-ce que le moindre « Continuez comme ça ».

Si on ne m'avait pas soutenu, je n'aurais pas pu.

Et à Signe, mon copain cochon.

À toi, j'espère que tu aimeras ce petit livre.

Flavie, la dessinatrice de ce livre. Elle n'y croyait pas elle-même ! Et pourtant, son travail est toujours très apprécié par les lecteurs. Et par moi-même !

Une très belle journée chez vous.

Charles Vella

REMERCIEMENTS DE FLAVIE

Je tiens à remercier ma famille qui m'a toujours poussée dans l'art et qui m'a toujours soutenue.

À mes grands-parents maternels qui m'ont toujours dit que je finirai artiste, ils ont eu en partie raison !

À mes amis qui m'ont poussé à réaliser mon rêve malgré mes peurs d'échouer, car pour eux je pouvais y arriver ! Et ils avaient raison encore une fois !

Et je tiens surtout à te remercier toi, Charles, après 3 ans d'amitié via les réseaux sociaux, tu m'as donné ma chance ! Au détour d'une conversation banale du quotidien, je t'ai dit que je dessinais et que cela me permettait de m'évader. Tu n'as pas hésité une seconde à me faire confiance pour réaliser les illustrations de tes romans. Grâce à toi j'ai évolué artistiquement parlant. Tes dessins m'ont demandé une gymnastique cérébrale et artistique que je n'avais jamais pratiquée, et pourtant j'ai relevé le défi !

Juste merci pour tout !

Flavie

6

PROLOGUE

THE ISLAND

(Musique : « Gluô » de Stupeflip et « Lubie » de Lous And The Yakuza)

Tiladropa était une île paisible, située au cœur de l'océan Atlantique.

Et il y faisait bon vivre. Le soleil brillait avec ardeur. Cependant, la sécheresse s'en trouvait absente. Ce qui était le climat auquel les locaux s'étaient habitués, malgré l'apparition de fortes pluies par rapport aux temps anciens. Ainsi, la météo était très fréquemment agréable pour toutes activités extérieures : les promenades à pied ou à vélo, ou encore en bateau sur l'eau scintillante de l'océan. Mais jamais trop loin de leurs terres patriotiques. On prêtait un certain désintérêt, si ce n'est un dégoût, aux politiques internationales.

L'île était en partie forêt végétale, cavernes et plages, décors de rêve… Des autochtones vivaient dans la forêt. Mais eux non plus ne firent pas long feu après l'incident, leur nombre était difficile à évaluer. Il y avait cette femme effroyable, « La Folle aux Crapauds[1] », qui avait survécu grâce au fait qu'elle vivait recluse. Les Memsi, immuablement dissimulés par leur magie ancestrale[2]. Et un certain Sacha, ancien agent de la DGSE/CIA[3], dont on n'a jamais vraiment su pourquoi il se trouvait là.

Au centre de l'île trônait une ville unique et majestueuse, qui peinait à s'acclimater aux continents. Elle se rapprochait le plus possible de l'autarcie. Les Tiladropiens étaient très patriotes et ne consommaient presque que local.

Quelques marchandises circulaient autrefois depuis le reste du monde. Mais c'était surtout de la contrefaçon dont le profit était destiné aux plus riches, par exemple, l'acier ou l'ivoire, les pierres précieuses comme l'obsidienne ou le quartz.

L'exploitation comptait ainsi des fèves de cacao, des bananiers, des vignes, des framboisiers, des figuiers… L'Homme pouvait pêcher et chasser toutes sortes d'animaux, du goujon à l'élan. Le commerce du transport était très développé à Tiladropa (taxis, trains, etc.). Malgré ces quelques spécificités comme le fait d'être coupé du monde,

---

[1] Il s'agit d'une version alternative et différente de *Uriane Fauyer*.
[2] Nous savons peu de choses sur le couple Memsi. Si ce n'est qu'ils étaient déjà présents au tout début…
[3] Sacha n'est pas le même personnage que dans *Liberté* T.3, mais il lui ressemble un peu…

Tiladropa n'avait rien de fantastique... C'est après que les choses se sont gâtées...

CHAPITRE 0

LE PETIT EXODE

(Musique : « Un jour en France » de Noir Désir et « Nous rirons » de Chair Chant Corps)

Un chat, c'est bizarre. Parfois.

Selon certains, un chat, ça sait parler aux morts, voir des choses invisibles pour les humains.

Ils ont vraisemblablement un truc en plus.

Que ce soient des chats, des lynx, des lionnes…

Le félin n'est-il pas une sorte de…roi ?!

Nous conviendrons dès maintenant que Karatropa Magma était le porte-parole, le messager divin des chats. Quant à ses motivations, nous y reviendrons plus tard…

Je m'appelle Ulysse, j'ai profité du fait que mon maître rentre des courses pour prendre la poudre d'escampette dans l'entrebâillement de la porte, mis en alerte par l'ancêtre Karatropa (il était apparu dans la tête des différents chats de l'île).

« Rejoins monsieur et madame Memsi, c'est mon unique ordre pour l'instant. »

Aussi j'avais décidé de me fier à ce Karatropa. Les chats ont de l'instinct, ils savent intuitivement ce qui est bon pour eux.

Une fois chez les Memsi, il vit la porte grande ouverte afin d'accueillir la cohorte de chats qui inondait l'entrée.

La maison avait deux étages, plus de cent cinquante mètres carrés…

Cet endroit dégageait beaucoup d'amour. Ulysse le ressentit bien et il le rendait bien.

Quand les lieux furent complets, de la place se faisait comme par magie tel un chapitre d'Harry Potter.

C'était la nuit, très peu d'individus avaient pris conscience de la fuite de leurs chats, ils étaient tout simplement trop fatigués après une grosse journée de travail. Et puis, cela faisait partie du charme utilisé par Karatropa. En même temps, comparés aux chats, les humains sont peu futés.

Ceux qui s'en souciaient voyaient bien que quelque chose ne tournait pas rond chez les quatre pattes... Mais la maison des Memsi n'était détectable que par les félins et les élus, si bien qu'aux yeux des quelques humains présents aux alentours, les chats semblaient juste se volatiliser dans les airs quand ils entraient dans la maison. Et l'idée de les suivre ne leur venait même pas à l'esprit.

14

CHAPITRE 1

LA LUNE DE SANG

(Musique : « Bang Bang » de Parabellum & « Le dernier jour du disco » de Juliette Armanet)

Ce n'était pas normal ni naturel ce qu'il se passait, ce n'était pas sa faute, il ne l'avait pas choisi. Bestialité imposée. Mais maintenant qu'il l'était, autant l'assumer pleinement.

Être un monstre oui, mais quelqu'un qui faisait les choses jusqu'au bout, il se montrerait tel que la lune l'avait rendu : impitoyable et cruel. Pourquoi aller contre la volonté des dieux ? S'ils voulaient faire de sa tribu une bande de monstres, ainsi soit-il. Fataliste.

Un monstre entier. Complet et sans remords ni regrets. La lune s'était levée après la disparition de tous les chats, elle était rouge comme du sang.

Tel tout le sang que sa nouvelle race allait faire couler par torrents entiers, s'ils avaient essayé de l'imaginer, ils n'y seraient pas arrivés.

Ces salopards de chats avaient vu le vent tourner et s'étaient mis à l'abri, personne n'avait la moindre idée d'où ils étaient passés.

Quand on essayait de penser aux chats, le mental divergeait automatiquement vers d'autres sujets, en l'occurrence : tuer les humains jusqu'au dernier. Et en dévorer une bonne partie. Il fallait se dire que c'était une chance, un festin. Après cela, ils devraient se nourrir d'animaux dans la forêt. Peut-être une bande de Lycans pourrait venir à bout d'un contingent de lions. Ça avait bon goût le lion, Pascal le savait, étant un chasseur. Et le nouveau *boss* en ville voyait rouge. Il y avait de quoi. D'abord la souffrance intolérable causée par cette maudite transformation, la perte de sa vie passée, honorable et digne, quoiqu'un un peu opportuniste et ambitieux. Ce qu'il était devenu : un monstre. Une bête. Mais une bête féroce.

Alors, il fit ce qu'il devait, ce que la lune attendait de lui. Les astres ou Dieu sait quoi. Il avait souffert le martyre, tout son corps s'était étiré des pieds à la tête. Au bout d'un moment, la croissance avait cessé. Deux mètres cinquante. Mais plus tard, il atteindrait les trois mètres. Une bête de muscles.

Les autres villageois (enfin, ceux qui n'avaient pas servi de proies) avaient, eux aussi, muté, mais ils étaient moins colossaux que lui.

Pascal avait été le maire de la ville éponyme « Tiladropa ». Cette nouvelle race mutante, il voulait la diriger, elle aussi.

On ne change pas une profession qui marche.

Pascal était un *leader* né Les Lycans ne se reconnaissaient plus sous leur apparence bestiale. Ils décidèrent de prendre des pseudonymes. Pascal choisit « Alpha Centrus », un nom destiné à un futur chef, qui annonçait clairement la couleur. Il était au centre de tout. Oui, il les dirigerait d'une main de fer, mais pas dans un gant de velours. Il serait respecté par la terreur. C'était bien plus facile que par la bienveillance…

Les bêtes étaient déchaînées, Alpha était l'un des rares à arriver à se maîtriser tant bien que mal. Il devait néanmoins se nourrir pour subsister.

Dans un festin qui ne se reproduirait jamais, plus jamais ils n'auraient une occasion pareille d'accumuler les morts.

Les cadavres étaient partout. On n'aurait pas pu tous les enterrer même si on l'avait voulu. Ce dont ils se foutaient royalement.

À propos de royal… Il allait lui falloir une grande couronne. Pascal sourit à cette idée. Ce qu'il ne savait pas, c'est que les chats mutaient, eux aussi, et allaient les faire payer pour le génocide de leurs maîtres. Du mieux qu'ils pourraient.

En deux nuits de transformations, de carnages, de pillages et de massacres, la ville n'était plus que cadavres, ruines et sang. Certains s'étaient transformés la deuxième nuit uniquement, ce qui laissait penser que si les Lycans avaient mieux contrôlé leur faim, ils seraient plus nombreux à présent et auraient probablement gagné. Mais une bonne centaine suffisait amplement.

Ainsi s'éteint, ou presque, la civilisation humaine de Tiladropa. Alpha était content, il se dit que c'était l'évolution. Et elle lui souriait.

Pascal choisit ses lieutenants selon ses critères : les plus méchants, les plus retors. Ils allaient maintenant entrer en guerre contre les chats, et ça n'allait pas être aussi facile que d'affronter des humains presque désarmés.

CHAPITRE 2

TROIS PETITS CHATS

(Musique : « Bal de Bamako » de M & « Hey Now » de Barry Moore)

J'étais allé chez monsieur et madame Memsi, cela me semblait la meilleure chose à faire. Tous les autres chats m'avaient rejoint. Une catastrophe se préparait. Mais nous étions dans un sanctuaire. Dehors comme dedans s'opérait une mutation terrible.

Alors, quand je me réveillai, je fis face au massacre de mes maîtres que j'ignorais encore, mais dont on pouvait se douter au vu de la forte odeur de sang…

J'étais plus grand et puissant. Il s'avéra que je faisais figure d'Apollon pour mes consœurs. Mes congénères et moi apprîmes à parler en quelques heures (nous avions tous l'habitude d'écouter nos maîtres).

— Chat et…pas chat ! me dit un petit chat noir, avant de prendre forme humaine, avec des vêtements et tout. J'étais abasourdi.

J'essayai moi aussi, et découvris un nouveau visage dans un miroir, un autre moi.

C'était moi, je le sentais, mais j'étais nouveau, neuf.

— Mais qui es-tu ? demandai-je au vieux bonhomme planté à côté de moi.

Il ne me répondit pas vraiment.

— Bien, maintenant… Ulysse, c'est ça ? À présent que tu es un chat-garou, et non un chat, il faut te trouver un nouveau nom. Que penses-tu de ChatRles ? C'est un jeu de mots ! « Charles » est un nom de roi et de *leader* chez les humains, et comme tu es un chat, j'ai rajouté un « T »[4].

Je remerciai beaucoup Memsi de m'avoir baptisé.

Je passais pas mal de temps avec lui. Quand je lui demandai : « Pourquoi serais-je un *leader* ? », il me répondit : « Vois comment les autres te regardent ». Il n'avait pas tort…

Mon cœur brûlait. Ces infâmes bêtes avaient mis la ville à feu et à sang, son île n'avait plus rien de comparable à avant.

Mais nous, les chats-garous, devions nous approprier des territoires. Nous avions déjà la maison des Memsi, nous annexâmes immédiatement l'exploitation agricole afin d'avoir de quoi manger, ainsi qu'une grotte…

Le petit chat noir qui m'avait montré pour la première fois la transformation de chat à humain, et vice-versa, m'interpella. Elle dit être une femelle, s'appeler Ninja et avoir trois enfants :

Carole, une grosse chatte bigarrée, particulièrement fainéante.

Son fils, Blue-Jean, passait de forme humaine à panthère, il valait mieux ne pas s'y frotter, si vous voyez ce que je veux dire… Une panthère, c'est vraiment monstrueux, même comparé à un lion ou un léopard.

---

[4] J'ai longtemps hésité à ne pas l'appeler juste « Ulysse » ; maintenant vous savez où va ma préférence. Cela coulait de source à la relecture.

Le dernier enfant de Ninja s'appelait Verlaine. C'était un chat très triste malgré l'éducation tendre de Ninja, comme si la dépression faisait partie intégrante de sa personnalité... En tous cas, il était intelligent.

Verlaine était le petit chat blanc intellectuel, Blue-Jean, l'atout au combat, Ninja, la maman, et Carole, la mascotte.

Par la suite, lorsqu'ils partaient en mission, cette bande-là ne manquait jamais de ramasser des fleurs pour Ninja, des os à moelle pour Blue-Jean, de la nourriture pour Carole, et des livres pour Verlaine.

CHAPITRE 3

LA FORTERESSE

(Musique : « My way » de Limp Bizkit &« Broken »de Seether)

Monsieur Memsi rendit visite à ChatRles, qui était en train de se faire mousser par une bande de femelles toutes très éprises de sa personne…

Les femelles étant très majoritaires parmi les chats. Beaucoup lui plaisaient et c'était réciproque, mais il n'avait jamais encore fait « la chose »…

— ChatRles !

Le majestueux lion se laissait caresser par les femelles, ronronnant allègrement[5].

Monsieur Memsi cria plus fort afin que ChatRles ne soit plus obnubilé par toutes ses femelles autour de lui.

---

[5] Dans la première version, ChatRles était un chat tout simple. En corrigeant, j'en ai fait un lion volant, car sinon, il serait à la traîne face à ses adversaires, et bon, il ne peut pas toujours tout déléguer à Blue-Jean.

— Karatropa veut te voir !

— Ah bon ?! Où est-il, celui-là ? Je commençais à douter de son existence !

— Tu permets que je t'incruste une puce dans le corps ? Elle fera office de GPS, c'est comme être en mode « maps » sur un téléphone, ainsi tu sauras où est Karatropa et ça te sera utile pour la suite. Tu comprends ?

ChatRles donna son consentement et se rendit là où était Karatropa.

C'était une plage de sable fin blanc, avec une mer relativement calme et un beau ciel dégagé. Si on faisait un peu attention, on voyait une belle grotte bien dissimulée.

ChatRles entra, suivant le signal. Des saphirs, des rubis, des émeraudes…

Il y avait de quoi rendre riche comme un roi n'importe qui.

Au centre, devant un feu de camp, se trouvait un homme énigmatique. Tellement vieux qu'on aurait cru une momie.

Habillé en tout et pour tout d'une toge qui avait connu des jours meilleurs et plus propres. Sûrement de couleur blanche à son origine, elle était devenue grise au fil du temps.

— Tu ne t'es jamais demandé si tu rencontrerais un jour ton créateur ?

— Vous êtes…

— Je suis Dieu, oui.

ChatRles fut si scotché qu'il en perdit ses mots, alors il écouta l'individu qui prétendait être Dieu, ce qui semblait possible.

— J'ai utilisé cette grotte pour un temps, j'aime bien l'ambiance… Elle est magique… Tes ennemis ne pourront pas la trouver… Je te la donne… J'aime bien les Memsi, mais…il faut bien que tu aies ton propre « chez toi » …

Sentant que Karatropa allait partir bientôt, ChatRles voulut retenir son Dieu de toutes ses forces, chacune de ses syllabes étant un enseignement millénaire.

« Sache que la nuit est tenace, mais nous sommes le jour… »

ChatRles ne comprit que plus tard les paroles de Dieu…

28

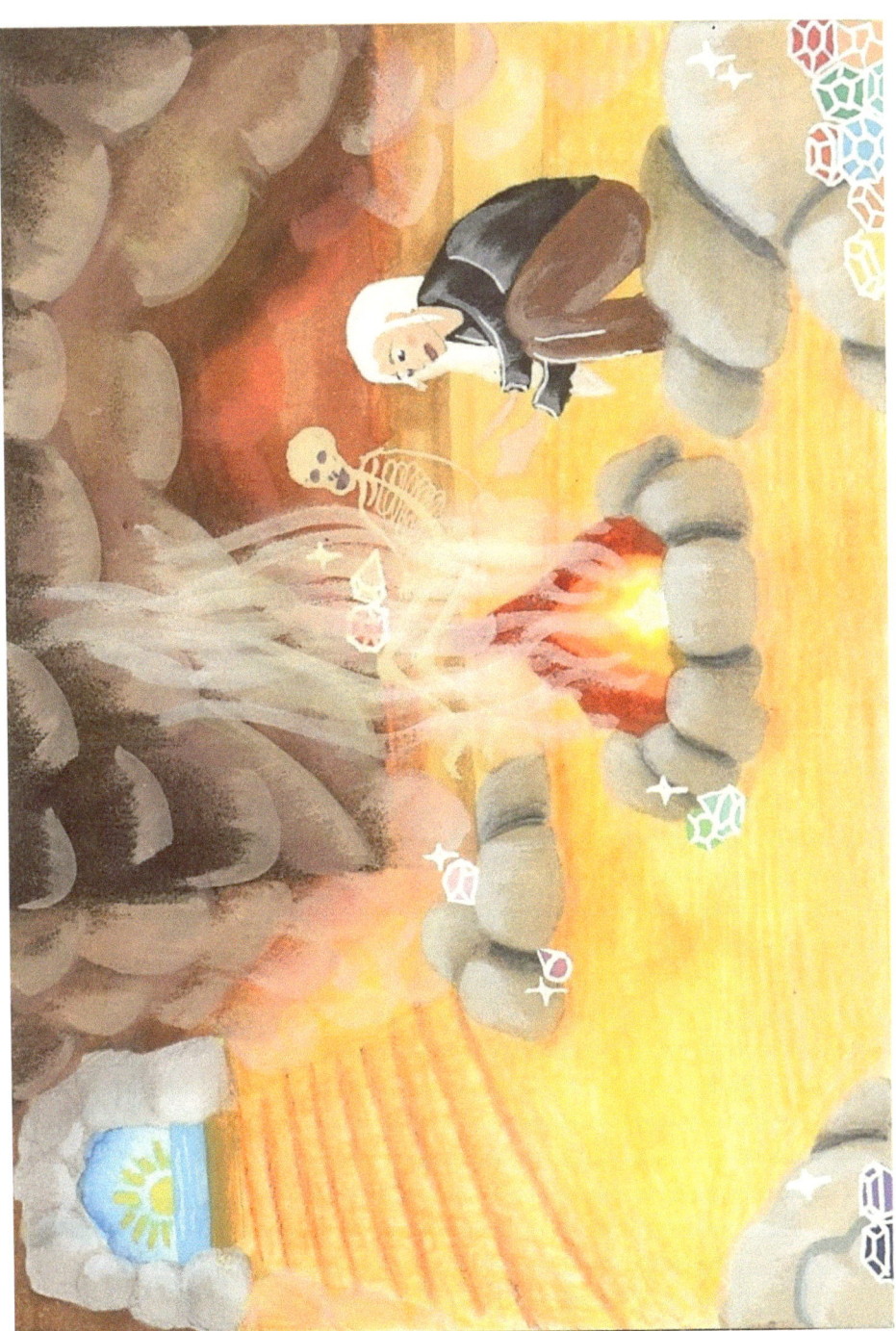

CHAPITRE 4

CEUX QUI NE VEULENT PAS RESTER MORTS

(Musique : « Heart-shaped box » de Nirvana & « Faint » de Linkin Park)

Offrant, devant tous, le spectacle sans concession de son infinie beauté d'immortelle toute fraîche, elle se fit connaître.

C'est sur ses traits qu'on la jugea d'abord, tel un repas qu'on savoure avec les yeux avant de manger…Et de lui trouver un goût délicieux.

Belle, sensuelle, elle dégageait une sorte de magnétisme et une forte odeur d'abricot.

Ils s'étaient éloignés des morts. Les clans des chats et des loups étaient bien plus puissants et développés que le leur, en grande supériorité numérique. Ils n'avaient pourtant que quelques jours de retard…

— Oh bonté divine, nous allons sucer le sang de chaque Léonin et de chaque Lupus. Mais même si ce ne sont que de sales bâtards, ils appartiendront partiellement à notre clan.

C'est ce moment-là que le soleil choisit pour pointer le bout de son nez, étincelant, brillant, brûlant, magnifique. Mortel.

Le Dan put constater que son auditoire vivait un épouvantable supplice, mais pas elle. Elle fit le lien entre leur douleur et le soleil... Non... Ses adeptes ne pourraient plus jamais voir le jour. Seulement la nuit...

Et la nuit était tenace[6].

— Tout le monde ! Réfugiez-vous dans les grottes ! VITE ! C'est un ordre...

La bande de vampires qui était de soixante-dix membres perdit vingt et un des leurs quand le soleil brilla pour eux pour la première fois.

Dans les grottes, les affinités se firent. Tous se concertèrent, les quarante-neuf vampires restants étaient tous un peu interconnectés, comme s'ils utilisaient un réseau social dans la vie réelle. Ils décidèrent d'inventer leur propre échelle de grades.

La *Number one*, le grand manitou, était une « La », on désignait ce grade tout-puissant comme « le Dan », celle-ci n'ayant pas souvenir de son nom, on l'appela simplement par son grade, « Dan » ... Sans doute que la masculinisation du terme militaire était un peu misogyne.

Sous le Dan se trouvaient « les Draculs ». Il pouvait y en avoir deux comme cinq, les grades se perdant et se gagnant, à la manière des *likes* d'un réseau social, d'une vraie hiérarchie...

Un Dracul intéressait particulièrement le Dan, il s'agissait de Victor[7].

Sous les Draculs se trouvaient « les Méritants » comme Camille, Prune, Lindsey... Certaines avaient la force de cacher leurs véritables noms... Ça semblait être une bonne tactique de défense.

Et sous les Méritants se trouvaient « les Initiés », puis « les Non-

---

[6] En anglais ça sonne mieux (Tamara...*Private Joke*).
[7] Dans tous mes livres, il y a un Victor ! Ahah.

initiés ».

Ils cherchaient à se nourrir de larves, n'avaient aucun territoire concrètement délimité. Ils représentaient la misère comme les sans-abris dans une ville telle que Tiladropa...

Cela mettait le Dan dans une rage folle. Elle se jura de bâtir un empire qui durerait dix mille ans, à la force de ses bras...

CHAPITRE 5

TRIANGLE D'ÉNERGIES

(Musique : « Les Vents contraires » de Kyo et « Basique » de Orelsan)

Quelques dizaines de chats-garous s'étaient retrouvés chez monsieur Memsi... Celui-ci commença son cours sans plus attendre.

— Je vais vous apprendre la technique de la tri-force. Vous avez sûrement été bassinés par des énergies élémentaires telles que l'eau, le feu, etc. Oubliez tout ça, nous sommes tous des animaux. Désormais, je vais vous apprendre la rotation de la force animale. Ce que j'ai à vous dire vaut pour vous, les chats, mais aussi pour les vampires et les Lycans. Bien, alors, il y a trois forces. Première force : la poule. La poule bat le serpent, mais elle est battue par le renard. Ensuite le serpent, il bat le renard, mais est battu par la poule. Et finalement le renard, qui bat la poule, mais est battu par le serpent.

L'auditoire était fasciné. Ainsi, en connaissant l'énergie animale de leurs adversaires, ils pouvaient en tirer avantage.

— Maintenant, veuillez vous recueillir une minute et pensez à ces trois animaux, leurs forces et leurs faiblesses, puis dirigez-vous vers l'animal énergétique dont vous vous sentez le plus proche.

ChatRles hésita longuement. Il était attiré par le serpent, mais il était bien trop lumineux pour cela, et un renard, bouffeur de poulettes ? Non plus... Pourquoi pas la poule ? Il ne demandait pas mieux que de becter certains serpents.

Les Léonins firent tous des choix différents, un tiers pour la poule, un tiers pour le renard, et un tiers pour le serpent. ChatRles dressa une liste avec ses mains sous forme humaine.

Ainsi, il avait une idée très précise des points forts et des points faibles de son armée. Peut-être lui faudrait-il faire passer des tests à tous ses protégés ? C'était le genre de secrets militaires que les autres clans désiraient…

Maintenant, il leur manquait une chose.

— Monsieur Memsi !

— Qui y a-t-il, ChatRles ?

— Ce serait génial si on pouvait connaître l'énergie animale des clans rivaux.

— Oh… Mais tu le peux déjà, ChatRles, ainsi que tous tes camarades. Tout est histoire d'interprétation, de jugement… Sois attentif à ce que dégage comme énergie ton ennemi et tu pourras le débusquer.

CHAPITRE 6

LE HAUT CONSEIL DE LA PAIX FRAGILE

(Musique :« The Conversation » de Texas et « Creep » de Radiohead)

Quelque chose de pénible bourdonnait dans la tête de ChatRles, c'était sa puce GPS.

Zut ! S'il avait su que cette petite merveille technologique allait le réveiller en pleine nuit, il n'aurait peut-être pas accepté de l'implanter si facilement, songea-t-il.

Le bourdonnement s'amplifia et créa une douleur qui le fit sombrer entre rêve réalité.

Il vit, à l'aide de sa seconde paire de globes oculaires, les yeux de l'âme, le point violet, qui n'était de cette couleur que pour Karatropa. Ensuite, on voyait très bien le point orange qui se déplaçait à toute vitesse dans la direction du violet. Orange… Orange égal vampire… Et cet autre point qui convergeait aussi vers Karatropa… Bleu… Bleu, loup-garou… Caméra, rêve, hyperlucide, il fit un zoom sur les plus gros points : une belle femme d'environ un mètre quatre-vingt-dix, aux longs cheveux d'ébène, des lèvres pulpeuses, une robe largement fendue dans laquelle elle se déplaçait pourtant aisément. Elle dégageait quelque chose de spécialement charismatique... Et un regard noir comme le mal en personne. Quant au loup-garou, c'était une bête de combat, très grand, presque trois mètres à l'heure actuelle, mais aussi véloce, souple et rapide, et surtout, surtout...de la rage, la rage de vaincre.

— Merde ! Si je ne me dépêche pas, ils vont lui tomber dessus à deux contre un. Et même s'il est Dieu, il est en danger...

ChatRles se méprenait. Karatropa maîtrisait parfaitement la situation. Mais il comprit que ses homologues-chefs de clans avaient été avertis d'une façon ou d'une autre (sûrement par Karatropa Magma lui-même). Et qu'aucun d'eux ne s'était embarrassé d'une escorte qui les aurait gênés...ChatRles savait qu'Alpha Centrus et le Dan étaient des monstres de combat (pas forcément uniquement en combat, d'ailleurs). Ils valaient chacun beaucoup plus qu'un simple soldat.

Mais moi... Je vole.

ChatRles sortit du plumard qu'on avait installé dans la grotte aux diamants pour lui. Dan était à dix minutes de Dieu, Alpha, une quinzaine, quant à lui, en s'envolant maintenant, il arriverait dans dix à vingt minutes.

***

**

*

— Alors... Peut-être vous étiez-vous imaginés avoir un Dieu magnanime et bienveillant, égalitaire et toujours juste... Désolé, mais vous vous êtes trompés d'univers.

Karatropa, si âgé qu'on aurait dit une momie, marchait pourtant fermement en diagonale, défiant du regard Dan et Alpha.

Il passa derrière ChatRles, le lion volant qui se tenait debout et atteignait la hauteur de ses hanches, mais pas celles du Dan. Les ailes du maître des chats étaient vraiment splendides. Dieu passa derrière lui, lui toucha l'épaule et le dos. Son contact avait quelque chose de divin, et en même temps, tranchant, comme se faire caresser par une arme blanche sans blesser personne…

— J'affiche clairement quel est mon peuple élu. Ce sont les Léonins, les chats.

Comme l'autre fois dans la grotte, tout le monde était trop subjugué par l'aura et les propos du dieu pour pouvoir formuler des phrases à haute voix…

Finalement, ChatRles s'y risqua tout de même, en posant un genou à terre.

— Maître…laissez-moi organiser un conseil de paix.

Karatropa était fier que son poulain ait pris la parole, il en fallait du courage.

Mais le Dan avait la rage.

— Maître des chats-garous ! Donneras-tu des terres pour que mon peuple vive… dignement… ? questionna-t-elle.

Karatropa répondit :

— Il n'en est pas question ! Si ça n'avait tenu qu'à moi, les vampires ne seraient jamais nés, mais c'est une promesse que j'avais faite à ma femme…Je continue de penser que vous, les vampires, ne valez pas un clou, et encore moins un euro…

Dan bouillonna de rage, mais elle ne se voyait pas attaquer Dieu, elle pria pour qu'Alpha Centrus ait un peu plus d'audace...

— Et nous, les loups ? Sommes-nous également des... erreurs ?

— Vous êtes les méchants, vous valez davantage que les vampires, mais moins que les chats...

Le Dan enragea et péta complètement les plombs.

— Mais il ne fermerait pas un peu sa gueule le maudit despote ? Moi je vaux moins que c'est deux-là ? Tu le diras à leurs cadavres ! D'ailleurs je m'en vais quérir le tien !

La vampire fonça tout feu tout flamme sur la « momie » avec la rage au ventre, la force de quelqu'un qui sait pourquoi elle se bat, son approche était rapide et silencieuse, celle d'une parfaite assassine...

Karatropa la visa avec une bague et des tentacules vinrent immobiliser le Dan[8].

— À moi ! J'étouffe ! Victor ! Camille ! Ils vont tous nous détruire[9]...

Totalement entravée, le Dan n'avait que la vue et la parole pour s'exprimer, Alpha Centrus avait bien trop peur de Karatropa, et ChatRles était dans ses petits papiers, il n'allait pas en sortir pour faciliter la tâche de ses deux ennemis.

Karatropa dit :

— Dan. Choisis-toi un autre dieu.

---

[8] Un peu comme la bague de César dans *Kaamelott*.
[9] Référence à Magneto s'adressant à Jean-Grey dans *X-men l'affrontement final*.

CHAPITRE 7

INVOQUER LES ABYSSES

(Musique : « June » d'Indochine « Bohemian Rhapsody » de Queen)

— Je sais… que vous, madame Memsi, vous vous occupiez plutôt de l'aspect « sombre » au sommet de votre art, votre mari étant plutôt tourné vers la lumière. Cela ne vous a pas déplu d'être cachée au placard comme un épouvantail ?

La question du Dan n'était que rhétorique. Il y eut un moment de silence, puis elle reprit :

— Et les vampires ?! Vous avez privilégié les chats, vos sorts vont clairement à l'encontre des loups-garous, mais nous, les vampires, vous n'avez même pas imaginé notre existence ? Nous sommes un accident, c'est bien ça ?

Madame Memsi semblait chamboulée et inquiète. Comment cette pintade avait-elle fait pour repérer la bâtisse ? Et à présent, elle voulait implicitement son soutien et tentait même de jouer sur la corde sensible des dualités entre son mari et elle… Madame Memsi prit la parole :

— Il vous faut demander à Karatropa. Il est le seul être capable de vous apportez toutes les réponses.

— Je sais ce qu'il m'a dit ! Où le trouver ? Je dois lancer la totalité de mes hommes à son encontre. Les Draculs et moi enseignons les techniques de combats les plus avancées qui soient à nos sous-fifres... Et puis, je suis serpent et vous êtes renarde.

— Je ne sais pas... La dernière fois qu'il est apparu c'était à ChatRles, depuis, il s'est volatilisé.

Le Dan se rongea les ongles et jeta des coups d'œil aux alentours.

— Vous allez me donner le sort que je convoite ?

— Non.

C'était un « non » catégorique, sans aucune hésitation ou possibilité de négocier.

— Non, si je vous donne ce sort, Tiladropa ira droit dans le néant.

— Hum, comme c'est embêtant... Car je n'ai pas l'intention de rentrer bredouille...

Madame Memsi claqua des doigts. De derrière ces grands rideaux rouges au fond de la pièce sortirent un duo de lions. Ils étaient énormes. Ils semblaient si puissants que rien ne les aurait arrêtés.

— Haha ! Tu ne me facilites pas la tâche !

Le premier lion se jeta sur le Dan, celle-ci plongea son bras dans sa gorge, et avant qu'il ne referme sa puissante mâchoire, remonta son coude et arqua son bras, transperçant le crâne du lion. Mais le second avait eu le temps de se glisser derrière la vampire et lui griffa les chevilles pendant qu'elle était occupée avec le premier, ce qui lui fit atrocement mal.

— Peuple d'Ulysse[10] ! Vendue aux chats !

Désignant respectivement le lion et madame Memsi.

Le Dan bondit et se mit sur le dos du second lion, tira la moitié haute de sa gueule vers le haut, jusqu'à en arracher la partie supérieure, ce qui le tua.

— Donne-moi le sort ! exigea la vampire.

Madame Memsi avait profité du combat pour emmagasiner des forces obscures et lança le tout sur Dan dans un déferlement noir et violet.

Lorsque la poussière retomba, le Dan était très affaibli mais elle tenait toujours debout. Madame Memsi n'avait plus aucune carte à jouer. Le Dan se précipita sur elle et la mordit et but presque l'intégralité de son sang, la laissant pour morte. Elle se foutait de savoir ce qu'elle allait devenir ou cesser d'être, elle voulait juste le sort.

Le sort était bien caché dans les étagères de la bibliothèque de Mme Memsi mais elle le trouva. Il lui fallut quelques heures pour apprendre le langage à l'aide d'ouvrages justement disposés ici pour ça, puis elle sortit de la maison des Memsi.

La voleuse incanta les paroles.

Aussitôt, de gros nuages noirs et violets apparurent dans le ciel, le tonnerre gronda, une sorte de tornade se profila, mais son tourbillon resta en suspens dans le ciel.

Toujours nue et ensanglantée, le Dan mourut sous la puissance du coût d'invocation du sort.

---

[10] Le fait qu'elle appelle les chats « Peuple d'Ulysse » témoigne que le Dan est très bien renseignée…

— La mort n'est que le début d'un autre chemin.

Elle se remémora ces paroles.

La voilà flottant au-dessus de son corps sans vie, une âme errante… Elle prit quelques heures pour se déplacer et observer.

Son dévolu se jeta sur une chatte léonine, très charismatique. Elle s'engouffra dans son esprit et se réveilla dans son corps.

Dans le cerveau de Samantha, deux colocataires se côtoyaient à présent : le Dan et Sam elle-même.

Personne ne saurait, ce serait leur secret. Samantha y gagnait en pouvoir et le Dan avait ce dont elle avait besoin.

Samantha/le Dan cueillait des fruits dans le verger. Le sort interdit avait été lancé, ce qui signifiait que toute trace de vie sur Tiladropa allait s'éteindre d'ici à une semaine.

— C'est cette fanatique hystérique de Dan qui s'est vengée ! s'autocongratula Samantha devant ChatRles.

— Oui. Normalement, le sort aurait dû être rompu puisqu'on a retrouvé son cadavre, mais quelque chose cloche… Je vous recommande d'être encore plus vigilants. Nous avons certes sous-estimé les vampires, nous avons cru que le péril lycan était le pire. Nous avions tort.

46

54

CHAPITRE 8

ALLIANCE INIMAGINABLE

(Musique : « Clope sur la lune » de Scylla & « Somewhere I belong » de Linkinpark)

Alpha Centrus ne disait rien.

ChatRles lui avait exposé l'urgence de la situation. Une semaine, ils disposaient de sept jours pour mettre à mal les plans du Dan, sinon, plus rien. Le néant.

Alpha Centrus réfléchissait, quelque chose d'autre le turlupinait.

ChatRles lui expliqua tant bien que mal qu'ils devaient s'unir pour faire front contre les vampires. Même s'il ne s'en réjouissait pas.

C'est pour cela qu'il avait demandé une audience en terrain ennemi : Le Parking.

Et merde. Tout ça, il l'avait bien compris.

— Qui dirigera cette alliance ?

Voilà ce qui inquiétait davantage le fier loup-garou.

ChatRles balbutia, il n'était vraisemblablement pas préparé à une telle question, lui qui gouvernait par nécessité et non par plaisir. Il avait peur de lui mettre toutes ces responsabilités sur les épaules.

— Tu sais quoi, le chat ? Tes deux meilleurs hommes contre mes deux meilleurs hommes, le camp vainqueur dirigera l'alliance… Oh, et c'est un combat à mort.

ChatRles finit par accepter. Cela semblait être le seul moyen…

Les deux léopards étaient des machines à tuer, bondissant, griffant, mordant, à toute vitesse, lourds et agiles même plus qu'un tigre.

Pourtant, les demi-humains de Pascal eurent raison du premier. Les loups se trouvaient en supériorité numérique, mais la dernière léopard se montra fort astucieuse comme le sont souvent les félins. Elle creva leurs quatre yeux et fit des tours autour d'eux en les déchiquetant, jusqu'à ce qu'Alpha Centrus dise :

— Ça suffit, ChatRles, rappelle ta femelle, tu as gagné…

— Comment t'appelles-tu, petite ? Ça te fait quoi de diriger les forces anti-Dan ?!

— Je me sens dans mon élément ! répondit Samantha.

CHAPITRE 9 : PREMIER BAISER

(Musique : « Un ange à ma table » d'Indochine & « Another one bite the dust » de Queen)

ChatRles se trouvait dans sa grotte aménagée et confortable, un lit de haute qualité avait été déposé là, des bougies aussi, pour la chère « ambiance » en mémoire du dieu qui y séjournait auparavant... Lui ne pouvait pas voir dans le noir... Et quelques tapis qu'ils avaient pu récupérer venaient enjoliver le tout[11].

Il faut savoir que ChatRles était un tout jeune lion… Il n'avait jamais fait l'amour…

Le Dan/Samantha le convia à une promenade. Fière de sa poulaine, ChatRles ne put refuser.

Samantha insista pour aller en forêt, le chat volant prépara une escorte mince, efficace et discrète pour les protéger des loups et autres joyeusetés.

Au bout d'un moment, ils arrivèrent à une clairière où se trouvaient deux chevaux, et décidèrent de les monter pour faire une balade.

Le Dan amena ChatRles dans les décombres de la ville. Les murs étaient noirs de cendre, il n'y avait plus âme qui vive, plus rien d'exploitable pour les Lycans. Une ville fantôme.

La demoiselle semblait guider le jeune chat, elle apparaissait sous forme léonine (mi-humain mi-chat), sa peau orangée était belle, son œil alerte et sa musculature fine l'étaient tout autant. Quant à ses formes, il aurait fallu être difficile.

Les deux « amis » entreprirent d'escalader une fenêtre dans une grange plutôt bien conservée.

Épuisé par l'ascension, ChatRles s'allongea sur des bottes de pailles disposé dans cette grange. Il était sous sa forme humaine.

— Tu as l'air drôlement tendu ! lui dit l'imposteur.

ChatRles ne savait pas trop quoi répondre. Oui, il était tendu, qu'est-ce qu'il pouvait y faire ? Le monde foutrait le camp dans une semaine à

---

[11]La suite est en partie tirée d'un rêve nocturne.

cause de celle qu'il côtoyait sans le savoir. Alpha Centrus lui donnait aussi du fil à retordre…

Aussi, tout naturellement comme une grande adolescente, Samantha lui demanda :

— Tu veux un câlin et un bisou ? Et tiens ! J'ai trouvé cette bouteille de vin derrière la paille, prend un verre ça va te détendre un peu.

Il mordit à l'hameçon…

CHAPITRE 10

CONFESSIONS SUR L'OREILLER

(Musique : « The Hell Song » de Sum41 & « This is war » de 30s To Mars)

Avant d'être vampire, j'étais une femme, une très belle femme, et ça n'a pas changé, ça ne changera jamais. J'aimais trop ma poitrine, par exemple. Et j'en jouais. Comme dans ma vie passée. Dans cette nouvelle, non, troisième vie, je ne commettais pas d'impair et usais de mes charmes pour obtenir ce que je voulais.

Ce que je voulais ?

Je crois que je l'ai déjà...

Le cœur d'Ulysse. Ou ChatRles comme on l'appelle maintenant.

C'est pour cela que je devais lui arracher tout un tas d'informations pendant qu'il était sous mon charme et fatigué de l'acte d'amour qu'il avait accompli.

Je lui soutirai les renseignements sur les poules, les renards et les serpents de son clan.

Quand j'eus tout ce que je voulais, je lui déballai la vérité. De but en blanc. Tout simplement.

Avec un énorme sourire.

— Tu as cru combattre le Dan, mais le Dan t'a bien baisé !

ChatRles ne comprit pas tout de suite.

— Samantha, quelque chose ne va pas ? As-tu des antécédents de schizophrénie dans ta famille ?

— Petit con ! Vous n'avez rien fait pour les vampires ! Nous n'attendons plus aucune aide de toi et d'Alpha Centrus. Nous allons vous reprendre ce qui nous appartient. De toute façon, le sort a été jeté… Plus que sept jours pour Tiladropa. Tic-tac !

Les pièces du puzzle se dessinaient dans la tête du lion volant.

— Mais… On a retrouvé le cadavre du Dan…

— Le cadavre, oui.

Elle fit un clin d'œil goguenard :

— Mais pas l'âme… que j'ai transférée dans ce réceptacle que tu appelles Samantha.

Hum…

Ainsi, si ChatRles tuait Samantha, c'en était fini de ce maudit sort.

— À moi ! Saisissez-vous d'elle ! hurla le lion.

Mais le Dan l'attrapa par le menton et le fixa dans les yeux, ses globes oculaires avaient changé de couleur, comprit-il. C'était le rouge du sang.

La brigade chargée de protéger ChatRles et Samantha arriva, les félins prêts à en découdre. Elle était déjà partie.

— Je veux…un tiers de nos hommes avec un escadron de loups-garous à la recherche de cette « Samantha », un tiers qui protège nos accès à nos bases annexées. Et le dernier tiers, faites vivre les autres en les approvisionnant en nourriture, en eau…

CHAPITRE 11
LIKE THE LEGEND OF THE PHOENIX

(Musique : « Blind » de KoRn & « Blame me » de The Pretty Reckless)

J'étais sous ma forme léonine, celle qui avait su séduire ChatRles, me donnant accès à tous leurs codes, tactiques, logistique, hiérarchie... C'était presque fou qu'il ne l'ait pas vu venir.

Je bondissais d'arbre en arbre dans la forêt, j'étais en train de me demander comment j'allais me faire reconnaître par les miens...

Et puis en même temps, j'avais semé la zizanie entre les loups-garous et les chats.

Pas mal, non ? Mais, celui-là, je ne l'avais pas vu venir...

— Cesse...ta course vaine... Dan ! imposa Karatropa.

— Vous êtes fiers de moi ?!

Le Dan lui passait les détails, puisque techniquement parlant, Dieu savait tout.

— Oui. Tu m'as impressionnée, dame Vampire, mais ton engeance n'est toujours pas mon peuple élu... Je t'expliquerai quelque chose, mais avant, il vaut mieux que je te fasse passer un ultime test. Sais-tu qu'outre mon prénom « Karatropa », mon nom est « Magma », veux-tu savoir pourquoi ?

— Eh bien, j'imagine que tu vas le dire, de toute façon...

Karatropa claqua des doigts façon Joséphine Ange Gardien et Dan se retrouva dans les airs... chutant dans... un volcan sous sa forme humaine...

D'abord ses vêtements et bijoux prirent feu, puis sa peau, sa chair, et ses os disparurent.

Tout comme lorsqu'elle avait failli assassiner madame Memsi et s'était tuée elle-même en lançant le sort de calamité, elle s'imagina de nouveau, flottant dans le ventre du volcan, des mots lui revinrent alors à l'esprit, trop divers et épars pour pouvoir se décrire.

Inconsciente.

— Oui… C'est moi, Collette, tu vois qui je suis ou pas ?!

Le Dan hasarda, vraiment au pif.

— Vous êtes la femme de Karatropa ?

— Bien vu ! fit l'apparition fantomatique de Collette.

— Comment as-tu deviné ?

— Ton mari a dit avoir créé les vampires parce qu'il avait une promesse à honorer… Ainsi donc les vampires ont une… déesse ?

— Je ne vais pas te mentir. Karatropa et moi sommes nés il y a des milliers d'années de cela, nous étions de grands sages dans notre époque humaine, nous avons appris à devenir des dieux… Ce à quoi mon mari a fait référence auprès de toi, petite tête de linotte… Mais retournons dans le monde réel pour poursuivre cette conversation. C'est d'accord ?

— C'est d'accord.

Karatropa était content, il avait précipité dans le volcan la pire ennemie des chats-garous, il avait le sentiment du travail accompli… Mais d'un autre côté… Il avait prévu que sa femme interviendrait.

Ce qui était bien, c'est que le sort de calamité était rompu. Dan morte, ou remorte, ou reremorte et re née, il n'en avait pas fini avec le Dan, mais son enveloppe charnelle ayant été dissoute dans les entrailles du volcan, cela avait suffi à lever le terrible sort dont l'épée de Damoclès pesait sur Tiladropa.

C'est une accumulation de fumée noire, qui vint mordre le tranchant de la faille volcanique.

— Tu n'es pas morte, la p'tiote…

— Bah non, grand-père…

— Collette t'en a jugé digne ?

— Disons que je suis en période d'essai : « Choisis-toi un autre dieu », m'avez-vous dit… Et c'est tout vu…je me choisis…moi-même…

— Que dit Collette de tout ça ?

— Collette cherche quelqu'un pour « faire de l'opposition ». Nous allons nous battre pour vous deux… Je ne serais pas étonnée si les loups-garous se trouvaient eux aussi un dieu…

— Tu dois te demander pourquoi… Tu dois trouver cela injuste…

— Moi, étant une déesse, cela serait injuste ? Ça va, ça va, je peux comprendre vos motivations, en plus de trois millénaires de toute-puissance, on fait ce qu'on peut pour s'amuser. Allez, va, je ne te hais point…

— Moi, m'en aller ? C'est plutôt à toi…

— Tu veux te mesurer à mon nouveau pouvoir ?

— Tss…

Et Karatropa disparut dans une explosion.

***
**

CHAPITRE 12

WHIPSLASH

(Musique : « Stupeflip vite !!! » de Stupeflip & « Temps à nouveau » de Jean-Louis Aubert)

Aux trois quarts transformés, portant une chemise violette XXL et un jean, les pieds poilus et griffus à l'air libre, et un long museau qui lui procurait une capacité de détection immense.

Alpha Centrus enfourchait une grande mobylette et se dirigeait vers l'un de ses camps forestiers en faisant tourner le moteur à plein régime.

Son général, BigC, ainsi que sa tortionnaire officielle, Jeanne, étaient présents. Il y avait aussi quelques gratte-papiers, la lie de la société…

Le chef des loups-garous se tourna vers BigC et lui montra sur son portable un SMS que BigC avait envoyé à Alpha.

« Viens vite, on a capturé deux poulettes. »

BigC se sentit gêné parce qu'il avait été trop familier avec le chef, mais il s'en remettait, son grade n'était pas en danger pour l'instant…

— Alors, où sont les poulettes ?

Jeanne demanda à Pascal de la suivre, ainsi que les scribes.

— Je ne suis pas une poulette ! hurla une voix fragile et douce à la fois, presque mélodieuse. Puis insista de nouveau :

— Un poulet à la rigueur, si ça peut vous faire plaisir, mais je suis un mâle.

Alpha Centrus se marra. Le poulet s'appelait Sacha, une information qu'on avait su tirer de lui dès le début. Il était petit, une longue chevelure d'ébène, des yeux rouges. Le prisonnier était attaché en croix. Alpha Centrus s'approcha et dit qu'il existait un moyen très simple de vérifier cela, il lui ouvrit le haut de sa toge. Pas de poitrine.

— C'est peut-être une planche à pain ? hasarda BigC.

— Planche à pain ? Comment tu parles des femmes ?

— Qui a dit ça ?

— Moi. C'est Ninja.

Alpha Centrus se délecta.

— Ninja, tu es un chat, n'est-ce pas ? Tu sais que toute tentative d'évasion avec ta métamorphose serait un échec... L'endroit grouille de Lycans...

Le méchant loup se frotta les mains. Ninja avait été torturée et passée à tabac. C'était une des générales de ChatRles, son interrogatoire lui fit apprendre bien des choses.

— Mon fils viendra et vous verrez la mort en face ! dicta Ninja.

Jeanne leva la main pour donner un énième coup de fouet, il en résulta un miaulement crié.

— Donc, BigC, je vois à peu près. Tu m'as dérangé pour Ninja, mais... Sacha ? Quelle valeur a-t-il ?

BigC rit en se tapant le bide.

— À rien ! Il ne sert strictement à rien, sauf à amuser les femmelettes en manque de ritournelles, c'est un amuseur ! Donc on s'amuse !

Il était loin du compte...

Coup de fouet.

Un ange passa.

Ninja avait les larmes aux yeux.

— Oh mon Blue-Jean, tu es tellement fort...

Avant qu'Alpha Centrus puisse comprendre quoi que ce soit, une ombre noire se déplaça à une vitesse impossible à suivre pour l'œil humain. C'était gros, féroce, et ça mordait, ça griffait, c'était lourd, aussi. Et bien plus souple et bondissant qu'un Lycan.

La panthère noire bleutée, fils de Ninja, le terrible Blue-Jean.

Blue-Jean détestait par-dessus tous les tortionnaires. Il les considérait comme encore plus abjects que celui ou celle qui tirait les ficelles. Dans la vie, on a toujours le choix.

— Mère, je donnerais ma peau pour vous vêtir, mais soyez un peu plus sobre dans vos choix de sous-vêtements...

Ninja rit de bon cœur. Jeanne fut laissée pour morte, tous les loups-garous de faible niveau également. Restaient Alpha Centrus et BigC.

Merde... Blue-Jean réfléchit à toute vitesse. « Penser comme Verlaine... Penser comme Verlaine[12]... Hum... Face à Pascal et son général,

---

[12] Petite référence à *Pirates des Caraïbes*.

mes chances sont inférieures à 40 %... Il faut que je libère mère et prenne la fuite... »

— Eh ! Moi ! Là ! fit Sacha.

— Désolé, petite créature... Je dois sauver ma peau et celle de ma mère en priorité...

Ninja, accrochée au dos de Blue-Jean, était bien trop rapide pour les Lycans.

***

**

*

CHAPITRE 13

CHAMYLLE

(Musique : « Matador » de Mickey 3D & « Way down we go » de KALEO)

Six ans plus tard…

Le soleil brillait, le temps était clément, les petits oiseaux chantaient… Il y en avait de toutes les couleurs, les sonorités, les tailles… La lumière jaune du grand astre chassait quelques feuilles mortes, rescapées du dernier automne.

On m'a dit : « Tu es spéciale, Chamylle ».

Je l'ai cru. À juste titre ? Je ne sais plus.

Chamylle était née l'exact jour où les nuages violets s'étaient désagrégés du ciel, levant le sort de destruction du Dan.

Pour faire simple, elle était née le jour de la mort de Samantha.

Si le Dan n'était pas mort, Samantha l'était bel et bien, et le Dan était devenu autre chose…

Cela faisait des années qu'il n'y avait pas eu de gros incidents entre les différents peuples, quelques rixes ci et là, mais rien de grave.

Si elle avait pu, Chamylle serait remontée dans le temps pour leur montrer que « c'était possible » et ainsi éviter bien des carnages.

Mais son seul pouvoir était de se changer en une petite boule de poils blonde, un chaton tout mignon, une fillette de six ans sous forme humaine.

Duratif, un des lieutenants d'Alpha Centrus, apprit par son réseau d'espionnage que la petite Chamylle pouvait potentiellement recueillir le Dan. Les vampires la voulaient reine, les chats n'y voyaient pas d'inconvénients, et les loups-garous étaient divisés.

Et moi qu'est-ce que je voulais dans tout ça ? Je voulais juste être libre comme un oiseau, chanter toute l'année si possible. J'étais bien trop jeune pour me préoccuper de mon avenir…

Mais d'autres s'en préoccupaient pour moi…

Furrati me mit un sac en toile sur la tête, alors que j'étais partie cueillir des pommes, rouges comme du sang, au verger.

Lorsqu'on m'enleva le sac, je me trouvai devant BigC.

Un Lupus lui murmura quelque chose à l'oreille…ce à quoi il répondit :

— Non merci, nous n'allons quand même pas faire subir cela à une enfant.

— Qu'est-ce que vous allez faire de moi ? demandai-je timidement.

BigC termina son coup de fil avec Alpha.

— Trois cents millions d'euros. C'est ça ou la guerre.

— Je suis…

— Tu es notre otage, oui.

CHAPITRE 14
LA GUERRE DU RÉCEPTACLE

(Musique :« Dusk till dawn » de ZAYN et « Heartless »de The Fray)

ChatRles regardait, baba, le SMS que BigC venait de lui envoyer.

« On a Chamylle. Trois cents millions d'euros pour la récupérer. Je sais que ce n'est qu'un peu d'argent de poche pour toi, si ce qu'on raconte sur ta grotte est vrai. »

Mais qu'est-ce qui lui disait que BigC et Alpha tiendraient leur promesse ? Ne feraient-ils pas de mal à Chamylle ?

ChatRles, toujours un peu triste de la mort de Samantha, bien que cela remontât à quelques années, réunit une équipe.

— Sahla, je te confie l'équipe sept[13], l'équipe qui ira secourir Chamylle. C'est une lourde charge, sois-en digne.

Sahla était un très beau tigre blanc zébré de noir, il semblait profondément calme, mais il était surtout très fort. Ne prenez pas son air endormi pour de la faiblesse, il est zen et calme d'esprit, c'est tout. Son seul petit défaut, c'est qu'il utilisait la religion de ses ancêtres, l'obligeant à se laver et à prier régulièrement. « Dieu comprendra », disait souvent Sahla lorsqu'il était en mission et ne pouvait pas honorer ses prières.

---

[13] C'est toujours l'équipe de référence dans *Naruto* et autres mangas…

— Mirri, tu seconderas Sahla !

— Entendu, monsieur ChatRles !

Mirri avait quelque chose de noble en elle, c'était une pure Léonine, pas une chatte-garou. Sa forme était en permanence mi-chat mi-femme. Une bipède, avec une poitrine, et une tête qui prenait un peu du chat et un peu de l'humain.

— Verlaine, Ninja, Blue-Jean, Carole, vous formerez le gros des troupes.

Ninja protesta :

— Miaou ! Verlaine, Carole et moi ne sommes pas des gros chats, tu nous envoies au casse-pipe...

ChatRles répondit :

— Je pense que Sahla peut faire le *job* à lui tout seul, vous autres ferez marcher votre cerveau.

***

**

*

Palais vampirique. Localisation : bien planqué.

Quarante et un individus... C'est le nombre de vampires qui restait en vie depuis la dernière « grande brûlure » qui suivait de peu leur création.

Chacun d'entre eux était fortifié par une lumière blanche, qui rechargeait leurs batteries et plus encore.

Le Dan était un spectre. Bien sûr, elle pouvait prendre le corps d'un mortel, mais elle perdait quelques avantages à agir ainsi... Aussi, forte de son nouveau pouvoir divin, Dan explorait le monde des dieux, elle était moins préoccupée par la survie des vampires. Mais Dan guidait ses sbires, leur apprenant des sorts pour faire léviter de grands blocs de marbre nécessaires à la construction du palais.

Celle qui faisait figure d'autorité, chez les vampires, en l'absence du Dan, c'était Prune. Prune[14], immortalisée à dix-sept ans, un mètre cinquante-cinq. Très maigre. Une coupe à la garçonne. Les dents et les poings serrés. Une vitesse de léopard. Des crocs et des griffes redoutables.

Prune vit le SMS au moment où il arriva sur son téléphone.

« On a Chamylle. Trois cents millions d'euros pour la récupérer. Je sais que Dieu peut payer. » Signé BigC.

Prune composa son équipe : Lindsey, une buveuse de sang très à cheval sur la politesse et l'honneur, les manières, etc. Le genre qui met du temps à s'énerver, mais une fois ses limites atteintes, vaut cent hommes. Vinrent aussi Victor, un puissant Dracul, et deux Initiés à qui on n'avait pas encore assigné de nom.

Dan était maligne... Elle avait couru tous les risques toute seule, ne diminuant pas son nombre d'hommes. Les vampires avaient contaminé sept loups-garous et douze Léonins. Ce qui portait leur nombre à soixante.

***

**

*

Furrati était seul avec Chamylle, au croisement du verger et des bois.

---

[14] C'est un clin d'œil aux *4 Émeraudes*, bien sûr.

Prune arriva avec ses hommes en même temps que Sahla et les siens.

— Tiens, dit Furrati, les chefs de clans ne se sont pas déplacés ?

Silence pesant.

— Bon alors, qui est prêt à payer le plus pour cette gamine ? poursuivit-il.

— Cette gamine est l'enveloppe charnelle du Dan, elle appartient aux vampires ! lui répondit Prune.

— La petite a grandi parmi les chats, et se transforme en chat… Il apparaît évident qu'elle revient aux clans léonins ! ajouta Sahla.

Un *sniper* tira sur le bras de Furrati, le faisant lâcher son arme, et perdre ainsi son moyen de pression en plus d'être blessé.

Mirri profita du tumulte et de la stupéfaction pour récupérer Chamylle, elle eut tout juste le temps de la confier à Ninja, et ses deux enfants.

Prune percuta violemment Mirri et la mordit, en faisant une chatte-vampire. Cette dernière était hors combat.

Sahla tournait autour de Prune.

— Je cherche…quel est le meilleur moyen de t'atrophier au mieux pour que la leçon rentre, sans pour autant prendre une vie.

Victor s'interposa entre les deux, tirant une épée rouge avec son air infaillible.

— En l'absence de Dan, Prune et moi sommes les plus hauts hiérarchiquement de l'ethnie vampirique… Et toi, tu es quoi ?!

— Une diversion !

Blue-Jean les avait contournés, et la panthère mit à mort sans grande difficulté les deux Initiés, blessant Lindsey, agissant selon le plan de Verlaine. Carole prenant la poudre d'escampette avec Chamylle.

Lindsey blessée, Prune et Victor en pleine forme, contre un tigre blanc extrêmement fort, une panthère noire et un chat stratège.

Quant à Mirri, elle était malgré elle passée à l'ennemi.

Sahla les défia.

— Plus intelligent est celui qui reconnaît sa défaite, que celui qui se préoccupe d'un combat perdu d'avance...

Furrati n'était point mort, deux Lycans arrivèrent pour le soigner, et trois autres pour prendre place dans le combat. Heureusement pour les chats, Chamylle commençait à être loin du conflit. Il arrivait de son pas de grand roi tout puissant, à l'aise, totalement à l'aise... Alpha Centrus.

— Vous avez préféré vous battre entre vous plutôt que de nous donner un peu d'argent ? Que vous êtes belliqueux !

Prune dit à voix basse :

— Victor, attaque-le d'un côté et moi de l'autre, Sahla et Blue-Jean, occupez-vous des sbires...

Une vampire avait donné un ordre à un chat... Mais ça s'imposait comme ça. Ils devaient joindre leurs forces pour espérer vaincre.

Sahla et Blue-Jean vinrent à bout des cinq, ils ne tuèrent pas Furrati après un instant de réflexion. Achever les blessés, c'était sale.

Les félins se mirent à rugir, Victor et Prune combattaient vaillamment Alpha Centrus…

Il ne restait plus que ces cinq-là encore en état de se battre.

Prune, qui avait vite pris le pas sur le *leadership*, dit :

— À mon signal, 3, 2, 1…

Et à zéro, tout le monde fuit Pascal dans une direction différente.

***
**
*

CHAPITRE 15
LA FÊTE DE L'AUTOMNE

(Musique : « La grenade » de Clara Luciani & « J'veux du soleil » de Aup'tit bonheur)

Je pense qu'il est temps de mettre cela en chanson !

(Une chanson écrite par le chat Verlaine.)

« C'est nous les trois p'tits chats, chats, chats d'Tiladropa

Enfin on ne va pas vous mentir on est plus que ça, ça, ça

La cheffe des vampires a baisé avec not 'roi, roi, roi

Sans qu'il sacheuuuuu cela, la, la

Et aujourd'hui grâce au grand dieu Karatropa, pa, pa, pa

Notre communauté progressera, ra rara

Que cessent les combabababababats contre vampires et lycananananans

Soyooooons, soyoooons les plus vaillants. »

Le groupe d'environ deux cents chats reprit en chœur les deux derniers vers jusqu'à plus soif. La chanson comportait d'autres paroles, mais les Léonins étaient tellement amusés par les premiers vers qu'ils la scandèrent en boucle.

ChatRles monta sur scène sous sa forme humaine.

— Cela fait six ans que vous m'avez nommé roi… sans que je n'aie rien demandé…

Il sourit, l'assemblée gloussa, surtout les dames.

— Nous avons décidé de fêter l'automne, chacun offrira un cadeau à une personne dont il aura tiré le nom au hasard.

ChatRles fit non avec son doigt.

— Dommage pour les paniers percés, c'était la bonne occasion !

Certains chats et chattes, vexés, regardèrent leurs pieds.

— Il faut savoir que Sahla a réussi la mission d'une extrême importance que je lui avais confiée. Une cérémonie sera donnée en son honneur quelque part dans… Bah, je n'ai pas mon calendrier sous les yeux, on verra.

Certains chats commencèrent à comprendre que ChatRles était bourré, il se maîtrisait assez bien pour que cela ne fasse pas tilt chez les non experts en alcoolémie.

— Chamylle, viens me rejoindre ! dit ChatRles en beuglant un peu, mais d'un air très joyeux et gentil à la fois. Enjoué.

— Qui c'est qui t'a sauvé du méchant loup, petite ?

Elle ne répondit pas tout de suite.

— Il y avait des loups ? l'encouragea ChatRles.

— Oui, plein.

— Et qu'est-ce qu'ils t'ont fait ?

— Furrati… il… il avait un couteau…

Chamylle se mit à pleurer et prit la jambe de ChatRles pour l'enserrer, trop petite pour lui faire un vrai câlin.

— Le tigre blanc et la panthère noire se sont battus pour toi, pas vrai ?!

— Oui, monsieur…

— Tu es sauvée.

— Oui.

La foule applaudit bien fort.

— Attendez ! cria une voix à la fois haut perchée et aiguë, féminine.

— Et Mirri, on en parle ? Et Sacha ?

ChatRles sourit, tenta de calmer la situation, mettant les mains en avant. Il utilisa tout son charisme.

C'est Ninja qui avait parlé.

— Mais parle, Ninja, enjoint ChatRles, nous t'écoutons.

— Quand nous sommes allés chercher Chamylle, c'est grâce à l'intervention combinée du *sniper* et de Mirri que nous l'avons récupéré. Puis, Carole et moi avons filé avec Chamylle, mais Mirri est restée... Et il y avait cette satanée « numéro deux », sèche, minuscule, *a waste*, elle l'a mordue. Maintenant Mirri est une vampire et j'ai l'impression que tout le monde s'en fiche.

ChatRles sourit.

— Bon, eh bien, j'allais proposer des funérailles, mais peut-être que tu veux la garder en vie telle une bête en cage ?!

Soudain frappée d'autorité par le ton des dernières phrases de ChatRles, Ninja s'agenouilla et demanda pardon. Des curieuses avaient filmé la scène qu'elles postèrent sur TiladroTube.

— Quant à ce Sacha, pourquoi tu remets le couvert maintenant, c'était il y a six ans, ce n'est pas ta faute s'il est mort...

— ... Justement il ne l'est pas...

Le grand rassemblement de la fête de l'automne poussa des cris d'étonnement, la plèbe s'écartant et laissa passer le tout petit humain aux longs cheveux d'ébène et aux yeux rouges.

Il sourit, content de son effet.

Sans montrer l'ombre d'une hostilité, Sacha s'approcha de Chamylle.

— J'ai tiré ton nom dans le chapeau. Mais je comptais te l'offrir quand même. C'est ce qui se fait de mieux à la CIA en Amérique. Enfin aux USA pour être exact, mais tout le monde appelle ce pays « Amérique ». Un accélérateur de croissance. Chaque minute passée dedans te fera grandir d'un an. Tu as six ans, il faudrait que tu aies au moins vingt ans. Tu devras donc y rester quatorze minutes[15].

Il fit un clin d'œil.

ChatRles alla pour interroger Sacha.

— Tss-tss… Un bon magicien ne donne jamais ses sources.

***

**

*

---

[15]Évidemment, c'est presque exactement la même chose que dans *Uriane*.

CHAPITRE 16
QUAND CHAMYLLE DÉFIA LE TEMPS ET LE MONDE

(Musique : « Summer 2015 » de L.E.J. & « Show me how to live » de Audioslave)

Chamylle était dans la capsule récupérée par Sacha, ils mirent en route des mécanismes, tirant certains leviers, vérifiant la posologie des divers composants.

À travers une fine vitre noyée dans l'eau, ChatRles et Sacha observaient le corps de la fillette de six ans en prendre quatorze de plus, sous leurs yeux ébahis. Les siens étaient tantôt ouverts, tantôt fermés, et lorsqu'ils étaient ouverts, ils furetaient à une vitesse folle.

Au bout de quatorze minutes, Sacha arrêta la machine.

Chamylle était nue comme un nouveau-né, elle venait d'emmagasiner quatorze ans de savoir, force physique et… hormones.

ChatRles était sur le point de lui demander comment elle allait. Mais elle devança la question, tel le prodige qu'elle était.

— J'ai passé quatorze ans dans le « coma », perdue dans mes pensées et ce que j'apprenais… J'avais six ans en entrant dans cette machine. Aujourd'hui j'en ai vingt. Au début, ce n'était pas trop dur, mais vers les douze ans, j'ai eu ma p* de puberté… De douze à vingt ans, j'avais la… puberté… Mes hormones…Bref je veux…

Sacha et ChatRles se concertèrent d'un regard ébahi et éclatèrent de rire.

— Tu y vas, toi ?! Tu veux y aller ? Elle te plaît ?

Il aurait fallu être difficile. La tignasse rousse de Chamylle ondulait, légèrement bouclée, des taches de rousseur. L'œil marron pétillant, un bon mètre soixante-dix, un ventre à se damner et une poitrine petite, mais fière, sa peau était belle et elle avait quelque chose qui rappelait les champs de blé.

Sacha décréta :

— C'est un p* de miracle, un miracle. Je t'aime ! Je m'aime ! Je nous aime tous ! La machine a vraiment marché, pour nous ça n'a duré que quatorze minutes, mais toi tu y as passé le plus clair de ta vie…

— Quant à ton problème…enchaîna ChatRles.

Là encore, Chamylle le devança :

— B*-moi tous les deux en même temps. Ça nous évite de choisir ! fit-elle avec un sourire gourmand[16].

— Tu sais comment on fait ?

— J'ai huit ans de théorie dans les pattes et je n'ai jamais couché une seule fois…

***

---

[16] C'est exactement le même ressort scénaristique que dans *Uriane*. Cependant cette version est la moins récente.

**
*

CHAPITRE 17
LE CONCILE DES DIEUX

(Musique : « You know I am right » de Nirvana & « Contact » de Kyo)

Le plan des dieux ne saurait être décrit proprement aux simples mortels, c'est aussi difficile que de décrire un chameau à un aveugle de naissance, voire plus. Mais je vais quand même essayer.

Et pourtant, c'est là-dedans qu'elle évoluait, connectée à des milliers de relais psychiques.

Ils étaient des particules, des filaments, des fragments de pensées, de lumière, d'âme et d'eau. Ils étaient infiniment petits et grands.

Mais ils n'avaient pas oublié leur petite réunion.

Étrangement, cela ressemblait beaucoup à l'écran d'accueil d'un jeu vidéo. Ils rentrèrent ce qu'on pourrait comparer à des adresses IP, le grand flux sélectionna un salon. *« Avec un tableau et des feutres »* comme avait demandé Dan.

Seuls Karatropa, Collette et Dan étaient concernés, les autres dieux officiaient dans des contrées lointaines… Tiladropa était minuscule.

Quand Karatropa fut obligé de serrer la main du Dan, un frisson parcourut son échine. Il n'arriverait jamais à la considérer comme son égale.

Collette téléchargea un fauteuil marron/orange bien rembourré et s'assit à côté de son mari, la momie (pas pour de vrai), posant un doigt dans le creux de sa main dans un geste de tendresse millénaire d'un couple qui prenait plaisir à se battre par peuples interposés. C'était bien pratique et il était rare que Karatropa et Collette passent du temps ensemble.

Dan, toujours debout, inscrivit aux feutres de divers couleurs sur le tableau :

POPULATION DE TILADROPA :

Chats-garous : 229

Loups-garous : 189

Vampires : 71

Dieux : 3

Êtres humains : 4

— Il nous faut plus de vampires... dit Dan.

— Les tiens ne sont pas déjà en train d'ériger un palais ? répondit Karatropa.

— Si...

— Je suis d'accord ! ajouta Collette.

— Si j'avais su que tu te mettrais en travers de mon chemin à ce point, femme ! s'emporta Karatropa.

Collette fit un clin d'œil à Dan et lui dit :

— Si tu décides de redevenir vampire, je couvrirai tes arrières.

— Hum, d'accord, mais je veux choisir mon enveloppe.

Collette téléchargea un bloc-notes et demanda :

— Je t'écoute !

— Le teint hâlé d'une métisse, 1 m 80, de longs cheveux noirs tirant sur le bleu, lisses, une bouche et des yeux magnifiques, un regard noir, des canines vraiment imposantes, un bonnet D, jeunesse, souplesse, vitalité...

— On ne peut pas lui mettre un handicap ou quelque chose comme ça ?

— Si Dan redevient vampire, elle n'est plus déesse... C'est large comme handicap ! essaya Collette.

Karatropa se tut. Son idée de sabotage n'avait pas fonctionné.

— Quant au nom ? demanda Collette.

— Oh, j'ai pensé reprendre Samantha, vous savez tous pourquoi, vous n'avez pas oublié ! répliqua Dan.

— Oui, tu as trompé les miens grâce à cette fausse identité ! cria Karatropa.

— Que tu as jeté dans un volcan ! ajouta Dan.

— Disons qu'on est quitte ! conclut Karatropa.

CHAPITRE 18

LA TECHNIQUE DE NELSON

(Musique : « Last resort » de Papa Roach & « Bleed it out » de Linkin Park)

  Imbu de lui-même, Alpha Centrus avait connu bien des déceptions. Ce qui le conduisit hélas à ne compter que sur lui-même. Toute autre personne que lui, le roi, n'était qu'un pion prêt à être sacrifié. Il comptait sur les doigts d'une main le nombre de fois où ses disciples avaient essayé de le tuer. Oui, il était imbuvable. Femme et enfants ? Souvenir ! À présent, ce qui comptait c'était la FORCE de son corps frôlant les trois mètres. Plus on le vénérait, plus sa force exponentielle augmentait.

  Furrati fit sonner trois fois le portable de Pascal pour lui demander : « Puis-je venir sous ta tente ? ». L'absence de réponse d'Alpha signifiait « OK ».

— Grand chef, je viens te présenter ton nouveau valet, il s'appelle Nelson et il est très érudit des arts de l'espionnage et des façons de faire ennemies, ainsi que stratège hors pair !

Nelson s'inclina très très bas.

Centrus lui fit signe de se relever.

— Bon, tu sais faire le café ? Je veux dire, est-ce que tu sais VRAIMENT faire le café ?

— Le café, le thé, ce que vous voulez, mon maître. Le tout est que ce ne soit ni trop chaud, ni trop froid, ni trop dosé… Je devrais y arriver.

Alpha rit. En numéro deux se tenait BigC, puis Furrati et juste en dessous, Nelson.

— Je vous apporte votre café, maître. Puis-je vous entretenir des choses de la politique ?

— Allez, fais-donc, troufion.

Alpha rit encore, il pouvait se permettre d'être imbuvable.

— Nous sommes beaucoup plus nombreux que les vampires, mais beaucoup moins que les chats. Nous pourrions nous allier aux chats pour détruire les vampires comme nous avons essayé précédemment.

— Oui et cette garce nous a tous roulés ! se remémora Pascal.

— Si nous utilisons cette stratégie, il faudrait s'arranger pour que la plupart des pertes soit léonines. Dans un second temps, nous trahirons les chats et Tiladropa sera une terre entièrement Lycan.

— On pourrait même faire un zoo avec Dan et ChatRles !

Décidément Pascal était d'humeur joyeuse….

— Il y a une autre option ! l'informa Nelson.

— Laquelle ? demanda Alpha.

— Nous pouvons nous allier aux vampires pour détruire les chats-garous, ce sont eux qui ont l'avantage du nombre, associés aux vampires le combat devient plus égal… Et je sais que monsieur à quelque vengeance à accomplir… La question est : Que veut monsieur ? Se débarrasser des chats ? Des vampires ? Les deux ? Dans quel ordre ? Donnez-moi vos intentions et j'élaborerai des stratégies.

Il y eut un long silence.

— Allions-nous donc aux vampires pour détruire les chats. Profitons de « l'absence » du Dan. Tels sont mes ordres.

Nelson semblait très mal à l'aise.

— Qu'y a-t-il, Du con ? demanda Alpha.

— C'est que, je ne voulais pas être irrespectueux ou quoi, mais je savais que vous alliez dire ça, aussi j'ai…

— Tu as quoi, débile ?!

— J'ai fait venir les deux Draculs du Dan. Oh, bien sûr, si vous aviez choisi de vous allier avec les chats, je les aurais fait déguerpir.

Pascal cria de mécontentement.

— Bon, ce n'est pas grave, fais-les rentrer, vil stratège !

Prune franchit le rideau de la tente. C'est dingue à quel point sa deuxième vie avait commencé tôt. Elle avait un corps d'adolescente à jamais. Morte et née à nouveau à dix-sept ans, ses désormais vingt-trois ans en paraissaient toujours dix-sept. Elle avait une coupe carrée à la garçonne, des cheveux bruns tirant légèrement sur le roux. Habillée d'une robe unie et légère qui lui donnait un peu plus d'ampleur que sa frêle stature. La robe était d'un vert clair fort joli[17].

Victor arborait une armure/pull-over très compliquée à l'aide d'alliages de cuir marron, de plaques d'acier noires, bref, une armure légère.

---

[17] La robe de Prune est aussi celle qu'elle porte dans *Les 4 Émeraudes*.

Il avait un regard sévère et aucun poil sur le crâne. Son épée était rouge. Il avait l'allure d'un homme de quarante ans, semblant toujours sur le qui-vive.

Le vampire ne parlait que très peu. En revanche, Prune était un moulin à paroles.

— Nous souhaitons par-dessus tout récupérer Chamylle pour que notre cheffe suprême, désormais réduite à l'état de spectre, prenne possession de ce parfait réceptacle. Nous tirerons dans le tas. Seule Chamylle doit survivre, pour nous.

Alpha Centrus faisait deux fois la taille de Prune, mais quelque chose de fort se dégageait d'elle, Victor avait la main sur la garde de son épée. Nelson était prêt à frapper à des points stratégiques à la moindre anicroche.

— Vous n'êtes que tous les deux, j'espère ?! demanda Alpha à Nelson sur un ton menaçant.

— Ô, mon maître, jamais pour rien au monde je ne vous mentirai. Ces deux-là sont venus avec une escorte de six vampires, quatre femelles et deux mâles. On n'a laissé passer la frontière qu'à ces deux-là, mais il y a cette petite troupe qui les attend.

— Merci pour ta sincérité ! dit gaiement Pascal qui ne l'insultait plus.

Il ajouta :

— Faites venir vos troupes, j'ai été chassé tout à l'heure. Nous avons deux ours, trois sangliers, une dinde, trois faisans, six lapins, un paon et même un tigre !

— Un tigre ? Ça n'a rien à voir avec Sahla ou bien… ?

— Rien à voir. Mais c'est quand même une belle prise.

Alpha rigola.

— Prune, connais-tu la Rome Antique ?

— Oui, un peu quand même, je ne suis pas totalement ignare.

— Dans ce cas, bienvenue au paradis, poulette ! Une orgie de bouffe et de sexe, avec de la musique…

— Ne devrions-nous pas rester vigilants ? s'inquiéta Victor.

Alpha allait gueuler donc Nelson intervint très vite.

— Vous êtes dans la base des loups-garous, le saint des saints, rien ne peut arriver ici… Alpha met à mal à lui tout seul quatre des plus brillants guerriers qui soient au monde, à savoir vous deux, Blue-Jean et Sahla…précisa Nelson.

— OK, j'accepte ! termina Prune.

***

**

*

CHAPITRE 19

LE DÉMENT AU COU TORDU

(Musique : « Snuff » de Slipknot et « Ave Cesaria » de Stromae)

Les Lycans et les vampires étant désormais alliés contre les chats. Il fallait aux loups la monnaie d'échange qui servirait de serment d'alliance : Chamylle. Quand elle avait six ans, c'est-à-dire à la fois il y a quelques jours et en réalité plus de quatorze ans (grâce à « l'accélérateur »), elle venait souvent au verger près des bois ramasser des fraises. C'est Furrati qui persuada le groupe de lui tendre un piège ici. Il était de ceux qui la connaissaient le mieux. Il avait effectué des recherches avant de se lancer dans son kidnapping.

Deux événements se produisirent simultanément, la petite troupe de Lycans/Draculs fut repérée, car on n'avançait pas impunément en terre léonine. Et puis, ils purent observer Chamylle, bien présente.

Red Wings était... particulier... Pas vraiment tout seul dans sa tête. Et... particulièrement repoussant, mais... étonnamment fort. On l'avait nommé surveillant officiel du verger. Red Wings avait un corps gris de loup[18]. On le trouvait « moche », car son cou était désaxé comme le coude sous le bras. Il avait des ailes de couleur rouge.... Red Wings était encore plus féroce que Blue-Jean.

Avec lui, deux femelles léonines, Graspa et Grispa. À la peau mordorée, les mêmes yeux vert intense, une grande agilité et un bon maniement du poignard. Une tenue propice au combat, c'est-à-dire un pagne avec des poches et un cache-poitrine. Elle encourageait Red Wings pour le combat.

Nelson vit Chamylle et son cœur s'arrêta.

— Quelle beauté ! s'extasia-t-il[19].

Alpha Centrus lui donna une claque sur la nuque.

Les agresseurs étaient en surnombre : Nelson, Pascal, Prune, Victor,

---

[18] Red Wings (Nathan) était un loup passé dans le camp des chats.
[19] Lancelot voit pour la première fois Guenièvre.

plus six autres vampires… Soit un total de dix contre trois. Red Wings (qui était bizarre, rappelez-vous…) fondit en larmes. Il n'était pas effrayé, il était seulement déçu que le combat ne soit pas équitable.

Graspa qui était un peu la « traductrice » du langage émotionnel de Red Wings précisa :

— Il veut un combat équitable à trois contre trois.

Alpha Centrus sourit et dit : « C'est d'accord ». Il choisit les deux Draculs comme partenaires.

Red Wings s'élança dans les cieux tandis que Graspa et Grispa combattaient au corps à corps, le monstre chopa Prune par le bras et commença son ascension. C'est alors que Victor tint le pied de Prune, tandis que Red Wings tirait son bras.

— P*, arrêtez ! Vous allez m'écarteler, aiiiiie !!!!!!

Centrus attrapa aussi le pied de Prune et tout le monde se retrouva au sol.

— Filez donner l'alerte !

— Mais…l'interrompit Grispa.

— Je suis plus fort tout seul. Je m'en tirerai bien ! les réconforta Red Wings.

Graspa et Grispa s'enfuirent à vitesse grand V. Quant à Chamylle, on n'avait aucune idée d'où elle pouvait bien se trouver, personne ne l'avait vue fuir, pourtant.

Face à ses dix adversaires, Red Wings émit un rire de dément.

— J'ai ouvert tous les pores de mes chakra, j'ai passé les neuf portes, je suis en contact avec ma violence et ma justice, j'entends et vous êtes sourds...

Alpha Centrus rit de bon cœur... Et se mangea une terrible mandale qui avait failli lui faire la même blessure au cou qu'à Red Wings s'il n'avait pas été solide comme un bœuf.

— Eh oui, tu comprends loupiot pourquoi j'ai le cou tordu, c'est une technique de famille, mon père l'a utilisée sur moi, et son père avant lui...

Il le regarda dans les yeux.

Centrus soutint son regard.

— Je ne peux pas gagner contre toi ! dit Red Wings.

Centrus acquiesça.

Red Wings ajouta :

— Mais contre tes amis, si.

Il fit un clin d'œil.

Tel un athlète sur la ligne de départ, Red Wings partit furieusement, griffant, mordant, cognant tout sur son passage.

Quand il eut fini se dressait un tourbillon de poussière.

Lorsque les choses redevinrent visibles, Alpha Centrus tenait Red Wings en échec avec une clé de bras, cinq cadavres de vampires prenaient l'air à côté. Du sang coulait de la bouche de Prune, et Victor leva la main pour dire qu'il était en vie, ainsi que Nelson. Le dernier vampire prit la fuite.

— *Goddamn Monster* ! lui cria Alpha, je n'ai jamais vu aussi puissant adversaire que toi.

— Arrêtez ! dit soudain un petit oiseau.

    C'était Chamylle.

— Je rentre avec vous si vous l'épargnez.

CHAPITRE 20

CHATMORTPAS !

(Musique : « Bonne meuf » de Orelsan et « Coca Cola » de Cadillac)

— Arrêtez ! dit soudain un petit oiseau.

    C'était Chamylle.

— Je rentre avec vous si vous l'épargnez.

— Nooooon, hurla Red Wings, la vie d'un monstre comme moi ne vaut pas la peine que tu te sacrifies, poupée…

— Rhô, la ferme, Red Wings ! Moi aussi, je t'aime bien !

— Juste bien ?

— Ça va ? On ne vous dérange pas trop ? ricana Alpha.

— Il faudra au moins me mettre KO !

— OK ! approuva Alpha. Et il s'exécuta.

    Nelson approcha de Chamylle, une paire de menottes à la main, l'attacha solidement, et lui remit le même sac sur la tête…

Cinq cadavres, trois blessés et le majestueux Dieu des loups-garous, ainsi que la poulette la plus cotée du moment.

— On n'enterrera personne ici. On n'a pas le temps. Graspa et Grispa vont revenir avec des renforts... Les blessés, essayez de fuir.

— Le camp des loups-garous est trop loin pour les blessés ! constata très vite Alpha.

Prune dit à demi-mot :

— Allons au palais... On a...

— C'est bon, ne te fatigue pas à parler, on va y aller dans ton foutu palais.

Le monument rappelait une église de style gothique, un carré surmonté d'un rectangle avec un sommet, de grands et beaux jardins entretenus, plusieurs étages et un parking où se trouvaient pas mal de bonnes caisses. Le tout était fait de pierres ocre et les volets étaient électriques, programmés pour se baisser automatiquement au lever du soleil.

On confia les blessés au personnel soignant des vampires.

***

**

*

Une bombe.

S'il devait en arriver là...

ChatRles s'était bien équipé sous sa forme de lion, il s'était muni d'un harnais auquel il avait attaché une bombe puissante. Si la machine perdait son pouls, elle explosait.

    ChatRles arriva tout en haut du triangle, sur le toit du palais. Se trouvaient également là Alpha Centrus, une vampire nommée Camille qui portait Chamylle dans ses bras. Il y avait tout le monde, à part Karatropa. Le chat leur expliqua qu'il n'hésiterait pas à se faire sauter.

    Quand soudain, laissant place à un tourbillon d'énergie, le Dan était de retour ! Mais ! Ne souhaitait-elle pas prendre le corps de Chamylle comme la prophétie l'indiquait ?! Elle avait trouvé une enveloppe corporelle sublime (taillée sur mesure jusque dans les moindres détails, à vrai dire, merci Collette).

    Dan était (il n'y avait pas d'autre façon de le dire) en mode Super Sayan. Et elle avait la voix de Galadriel lorsqu'elle bannit Sauron dans *le Hobbit*. Elle proférait de terribles menaces.

    Tout le monde échangea des regards paniqués.

    La voix du Dan perdit un peu en puissance puisque de toute façon tout le monde était déjà sur le cul. Et elle ajouta :

— Appelez-moi Sam, ou Samantha, je n'ai rien d'autre à ajouter, toutes les personnes nommées recevront un ou plusieurs anneaux enchantés de mon cru... Patientez un tout petit peu... ChatRles ! Tu n'auras pas à te faire exploser ! Tu peux partir avec Chamylle ! Nul besoin d'une enveloppe corporelle aussi plate. J'ai des formes et des rondeurs, ça sert à réchauffer les cœurs[20]. Alpha Centrus, toi, tu vas recevoir quatre anneaux, c'est une lourde responsabilité. Je saurai te stopper si tu menaces l'intégrité de mon plan par excès de zèle, je te suggère de réfléchir. Camille ! Merci. Nous avons beaucoup à nous dire.

— Si c'est ce que je crois, que non seulement je vais garder la vie, qu'on ne déplore aucune perte, et qu'en plus je vais avoir un anneau magique... P* !

---

[20] Amel Bent.

Je suis de ouf chanceuse. Je suis peut-être plate comparée à elle, mais ça ne t'a pas gêné l'autre soir avec Sacha… Ah, je me sens tellement vivante ! J'ai envie de… Red Wings. Il est si fort… Je le veux…lui dit Chamylle.

— Chamylle ! Cesse donc ce verbiage adolescent sur ta vie privée, ça ne nous concerne pas. Partez ! Toi aussi Alpha, pars, Nelson est guéri, j'y ai veillé, partez. Dame Camille, nous devons nous entretenir sans cette jeunette en rut, ce lion kamikaze et cette boule de muscles sans cervelle ! répliqua Samantha.

Pascal ouvrit la bouche comme pour parler.

— Un commentaire ? dit le Dan d'une voix qui faisait flipper.

— Non, Seigneurie…

— Mon nom de rang, c'est Dan. Appelle-moi Dan, ou Sam, ou Samantha.

Et ChatRles emporta Chamylle sur son dos jusqu'à sa grotte.

Alpha retourna dans son campement en portant Nelson.

Camille partit s'entretenir avec Dan.

CHAPITRE 21
OÙ CHAMYLLE SE CASE

(Musique :« The Pretenders » de Foo Fighters, « Oui ou non »d'Angèle)

Chamylle prenait une douche rudimentaire au seau d'eau, au savon et à l'éponge, cachée par quatre draps.

Ses pensées allaient et venaient. Tout d'abord son nom. Elle, elle aurait voulu s'appeler Léona, sûr que ça aurait plu à ChatRles.

Ensuite sa naissance, quelques souvenirs d'elle gamine. Puis elle, dans le programme éducatif ultra accéléré de la CIA… Le fait qu'elle ne bougeait que mentalement… Ses désirs assouvis avec deux hommes à la fois. ChatRles éprouvait pour elle une simple affection. Mais Chamylle avait, semble-t-il, davantage touché le cœur de Sacha. L'être lui-même responsable de sa croissance accélérée.

Puis elle allait donner sa vie pour la résurrection du Dan, contre sa volonté, mais celle-ci avait finalement refusé l'offrande corporelle, car « trop plate » et était descendue du royaume des cieux dans son propre moule.

À présent, elle avait peur de ne servir à rien…

Mais ce matin, elle s'était réveillée avec une bague pile-poil à la taille de son doigt, une belle monture en or pur, et pas en toc ou en quarante pour cent or. Non, l'or du plus haut carat existant. Au milieu, un rubis.

Chamylle toucha le rubis et apparut un phœnix d'environ un mètre de hauteur, criant tel un oisillon devant sa maman.

— Ha ha ! Je vais l'appeler Mockingbird !

Puis Chamylle appuya encore sur le rubis et Mockingbird disparut.

L'anneau de pouvoir de Sam…

Même si c'était à dessein de « dans les ténèbres les lier »[21],Chamylle commençait à adorer son anneau magique (précieuuuuux).

La Léonine mit une culotte rouge avec un soutien-gorge bleu, elle passa un pull en laine et un minishort en jean, mit un peu d'ordre dans ses cheveux, se parfuma…

Comme jamais deux sans trois (il paraît)[22],Chamylle se rendit encore au verger, car Red Wings était le surveillant en chef du verger et elle voulait lui « exprimer sa gratitude ».Avant de trouver Red Wings, elle tomba sur Sacha et lui montra son anneau d'invocation du phœnix. Celui-ci avait pris quelques centimètres déjà…

— Bou houhou… Tout le monde a eu un anneau et pas moi… Camille, la vampire, a filmé toute la scène de la prophétie de Sam et l'a mise en ligne sur TiladroTube. Elle ne fait même pas mention des humains ! se lamenta Sacha.

— TiladroTube, c'est quoi ? l'interrogea Chamylle.

— Ah ça… Comme avant je travaillais dans la CIA et la DGSE, je m'y connais un peu en réseaux. Avant, les Tiladropiens postaient leurs vidéos sur YouTube, mais certains faisaient tellement de vues que ça attirait une attention… déplacée et… Pour être heureux, vivons cachés. J'ai donc créé TiladroTube, et je l'ai imposé d'office grâce à une mise à jour de YouTube sur tous les téléphones tiladropiens. Le principe c'est que l'information

---

[21] cf. *Le Seigneur des anneaux*.
[22] Référence personnelle.

circule entre tous les Tiladropiens, mais pas à l'étranger ! répondit Sacha.

Sacha lui montra son propre téléphone :

— La Prophétie du Dan !

— Je sais… J'y étais…

— Oui. D'ailleurs, tu es très en valeur sur la vidéo.

— C'est dingue comme elle a dominé Alpha, moi aussi je veux devenir une femme forte, comme elle.

— 703 vues… Cela veut dire que certains l'ont regardée plusieurs fois… C'est la vidéo qui fait le plus de buzz sur TiladroTube.

— Bon… J'avais prévu d'aller voir Red Wings ! clama Chamylle.

— Pourquoi ? Qu'est-ce que tu veux à Nathan ? demanda Sacha.

— Nathan ? C'est qui ?l'interrogea Chamylle.

— Te fous pas de moi ! s'énerva Sacha.

Elle prit un air désolé. Non, elle ne savait pas…

— Nathan, c'est Red Wings. Tu ne croyais tout de même pas qu'on pouvait s'appeler « Red Wings » dans son état civil ? ajouta-t-il.

— OK… Au revoir, Sacha ! conclut Chamylle.

Et elle passa à côté de lui. Mais Sacha lui attrapa le bras, puis la prit par les épaules et la força à l'embrasser. Chamylle lui mordit la langue puis lui donna un coup de genou dans les c*.

— Je vois que tu es bien partie pour devenir une femme forte…

Un grand rire éclata.

— Werewolf ! s'alerta Sacha.

— Excellent. Vraiment excellent. Je viens de poster la vidéo. J'ai mis comme titre « Le dernier humain se fait castrer par Chamylle ».

C'était Nelson.

— Vas-y, essaye, tente ta chance, fumier, je filme moi aussi, comme ça ton *boss* saura qui tu fréquentes !ricana Sacha.

Il était impossible de supprimer les vidéos sur TiladroTube.

Soudain, sous le feu des caméras qui enregistraient en *live*, Nelson se trouvait un peu mal à l'aise, il improvisa.

— Bonjour, moi c'est Nelson. Et je détiens un des vingt et un anneaux magiques. Regardez, c'est un beau saphir. Quand je le touche, un grand oiseau bleu apparaît. C'est un cadeau du Dan. Sacha, lui, l'abruti qui filme, n'en a pas eu…

L'humain se mit en colère et arrêta de filmer, se jeta sur Nelson pour lui faire du mal.

Chamylle passa tranquillement son chemin… Puis revint et filma « Baston entre un loup-garou et un humain »…qui atteignit les 303 vues…

Elle entra finalement au verger et y trouva Nathan.

— Ffalut Ffhamylefe fuis content que tu sois fenu.

— Oh, mon dragon, que t'est-il arrivé ? s'inquiéta Chamylle.

— F'est Alpha Fentrus qui m'a café la gueule z'aiperfu des denfs... se lamenta Nathan.

Elle le regarda sans aucune pitié, mais avec compassion.

Nathan lui montra son anneau de pouvoir, jaune. Il lui fit une démonstration. Quand il l'utilisait, tout le monde était joyeux, positif et de bonne humeur. Elle ne disait pas grand-chose alors il continua avec sa diction défectueuse, lui parla de la technique « tordre le cou » qu'il subissait tous dans la famille. Nathan était laid, il zozotait, mais il avait un cœur en or. Et tout comme Sacha et Nelson, il était amoureux de Chamylle. Celle-ci l'avait compris quand il eut presque donné sa vie pour la sauver d'Alpha Centrus. Alors elle ne disait rien, elle l'écoutait, puis lui fit un petit baiser.

— Ffavec moi ?! Tu feu faire des truffes avef moi ? Mais je fuis horrible...

— Oui avec toi, répondit Chamylle, j'ai laissé Sacha et Nelson pour toi... Parce que tu es le plus fort, le plus incompris, le plus dévoué...

— Ffavec toi fe pourrais prendre le tfrone, ChatRles n'en a jamais voulu de toute fafon... Fe veux que tu sois ma reine.

Chamylle, qui avait gardé une certaine retenue face à Nathan, commença à se faire plus entreprenante.

— Ffe fuis pufeaux ! prévient-il.

— Pufeaux ? ne comprit pas Chamylle.

— Ffan fon na nammais fait l'amour tu fais...

— Oh ! Je serai très gentille alors...

Tout en tendresse et en gentillesse, ils firent alors l'amour, étape par étape, sans trop brusquer Nathan. Ce dernier était aux anges.

CHAPITRE 22

LA PROPHÉTIE DE L'ERREUR

(Musique : « Facile » de Camélia Jordana & « Crou anthem » de Stupeflip)

Arpentant son propre palais, dont elle avait chaperonné la construction sous sa forme spectrale, le Dan, munie d'un fusil à pompe, tirait sur des cibles en paille pour s'entraîner et passer le temps[23].

On aurait cru la cour du Roi-Soleil. Depuis qu'elle était revenue, Sam n'avait plus un instant à elle. Camille, Prune, Victor et Mirri la suivaient partout. En moyenne, le Dan était toujours entourée d'une vingtaine de vampires.

Furieuse, elle tira dans le pied d'un certain « Nolan », grand, brun, costaud.

— Ce n'est pas grave, il va s'en remettre…

Et le Dan vaqua à ses occupations.

Lorsque Prune lui demanda avec qui elle voulait passer la journée (c'est-à-dire la nuit pour les vampires), elle dit « Nolan et Toi », dans sa couche.

Le lit du Dan était magnifique, on pouvait y coucher douze

---

[23] Clin d'œil à Sherlock.

personnes, il y avait aussi des rideaux.

L'ambiance commençait à être chaude quand :

— Prune ? Quelqu'un ? Filmez-moi, vite.

Et Sam partit en lévitation, les yeux blancs révulsés, toujours avec sa voix de Galadriel.

— Quand le corbeau aura mangé son fromage, que la cigale aura volé la fourmi, que le poussin aura dénigré la mère, que les chiots promèneront les maîtres, descendra du ciel « L'Erreur » sur Tiladropa. Seul un humain né de ces terres pourra le tuer.

CHAPITRE 23

LE CORBEAU MANGE LE FROMAGE

(Musique : « Question! » de System of a down & « Would? » de Alice in Chains)

Alpha Centrus avait reçu un SMS d'invitation à dîner signé « Sam », la pythie, lui disant de venir seul.

Comme Alpha saurait se débrouiller en cas de conflit mieux que personne, il accepta.

On le fit entrer dans le manoir. La nuit était tombée.

Le Dan l'attendait tout sourire au bout d'une longue table, lui enjoignant de prendre place à l'autre bout.

Ils parlèrent peu au début, il y avait du chapon, du boudin noir, du caviar (les deux créatures suivaient un régime très protéiné).

— Est-ce que tu aimes mes faits d'armes ? lui demanda Alpha.

— Oh oui, j'aime ça !

— Que dois-je faire pour améliorer les choses ?

— Continue !

— Comment ?

— Plus fort !

Le loup-garou commença à trouver la situation bizarre, la dame vampire s'adressait-elle vraiment à lui ? Il mata sous la table. La robe de Sam était retroussée jusqu'au nombril et une vampire enfonçait ses doigts dans son intimité.

Elle lui fit un clin d'œil et la vampire aux mains baladeuses rampa jusqu'au loup et commença à défaire sa braguette.

— Laisse-toi faire, mâle alpha ! dit-elle d'un ton érotique.

— Non. Ne me touchez pas.

— Ce n'est pas ce que j'avais prévu.

— Qu'est-ce que tu avais prévu ?

— Qu'on le fasse tous les trois, bigorneau.

— Je m'en vais. J'ai plein de louves qui sont dispos pour ça, pas besoin d'aller voir du côté des vampires.

— Tu n'aimes pas les vampires ?

— Non ! Bien sûr que non ! Je croyais que c'était une visite « diplomatique » ou du genre, sinon je ne serais jamais venu.

— Dans ce cas, pars vite avant que je m'énerve.

Le loup se leva soudain, il était immense, il désigna la table, haussa les épaules. Et s'en alla.

Le corbeau venait de manger le fromage.

Le Dan porta à la vampire aux mains baladeuses son attention renouvelée.

— Continue bébé, fais-moi jouir !

Il faut croire que « bébé » était douée avec le chou du Dan, car celle-ci hurlait à en casser les oreilles de tout le palais.

Elle explosa dans un orgasme superbe.

CHAPITRE 24
QUAND LA CIGALE AURA VOLÉ LA FOURMI

(Musique : « Take me down » de The Pretty Reckless & « Seize the day » de Avenged Sevenfold)

Ses dents recréées grâce aux larmes du phœnix de Chamylle, un puissant pouvoir de guérison magique dans les glandes lacrymales de cet oiseau enchanté, Red Wings, alias Nathan, pouvait enfin parler sans mettre des « F » partout, ce qui était à la fois comique, pitoyable et agaçant. Chamylle se félicita d'avoir pensé aux pouvoirs curatifs du phœnix. Vraiment, le don de son anneau était l'un des meilleurs. Oh, et puis l'oiseau avait atteint la taille de 1 m 24, il grandissait bien.

Nathan parlait peu, Chamylle l'avait embrassé sans lui demander, car elle avait très bien pressenti qu'elle lui plaisait. Était-ce son premier baiser ? Il avait avoué être puceau en tout cas... Ce n'était désormais indubitablement plus le cas !

Le Dan n'était pas la seule à professer des prophéties et lorsqu'elle sentit venir l'inspiration divine, elle demanda à Nathan de filmer.

Elle s'exprima selon ces mots :

— La dame à la robe noire et celle à la robe verte. L'une est les ténèbres, l'autre est la lumière. L'une est la luxure, l'autre est l'amour. Ne pourrons vivre en paix, que lorsqu'il n'en restera qu'une seule.

***

**

*

— Nathan, c'est horrible ! Je crois que cette prophétie parle de Sam et de moi ! On n'aurait peut-être pas dû la mettre sur TiladroTube, paniqua Chamylle.

— Mais si ! Ça va te rapporter bien plus d'alliés que ça te coûtera d'ennemis, ma princesse.

— Oh, Nathan, j'ai peur !

— Erf… Viens dans mes bras.

    Chamylle et Red Wings discutèrent prophéties un petit moment, tâchant de comprendre celles qui avaient déjà été postées.

— La fourmi, ça peut être celle qui a emmagasiné de l'amour, et la cigale, celle qui s'en est peu servi…

    Ils restèrent un moment comme ça, à discuter de « L'Erreur », du Dan, d'Alpha, de ChatRles, même de Mirri et Prune, ils revoyaient ensemble comment accorder leurs violons de couple, qui pensait quoi de qui.

    Blottis l'un contre l'autre, ils entendirent de grands bruits de pas, genre grosses bottes renforcées de métal portées par un géant, tranquille, sûr de lui… C'était Alpha Centrus. Au début, Red Wings adopta sa posture de combat, mais le loup dit venir en paix.

    Alpha expliqua que Dan avait tenté de le pécho littéralement, et ça l'avait assez choqué, car il avait cru d'abord à un entretien diplomatique.

— L'une est la luxure… L'autre est l'amour, murmura Chamylle.

— Eh ben, mes petits potes, je peux vous faire un gros câlin moi aussi ?!

— La cigale, celle qui s'en est peu servi, continua Chamylle.

Un câlin avec lui ? Beurk ! Mais bon, si ça pouvait servir à souder des alliances…

CHAPITRE 25
LE POUSSIN DÉNIGRA LA MÈRE

(Musique : « The Red » de Chevelle & « Coco câline » de Julien Doré)

Samantha dormait tranquillement dans son immense lit à baldaquin et moustiquaire. Tout contre son sein, Prune en train de s'endormir, ne bougeait pas, profitait du confort de la position.

Camille avait ces paroles en boucle dans la tête lorsqu'elle entra dans la pièce :

— Je dois trouver un moyen de vous départager, Prune et toi, en tant que « seconde » (scène coupée), sans frapper et d'un air tonitruant.

Le Dan se réveilla immédiatement, Cam voulait la prendre par surprise.

— Maman Dan ! Je vais tuer cette bouse de vache de Prune pour pouvoir être ta numéro deux ! Laisse-moi te montrer comme je suis forte. Je me suis beaucoup entraînée.

Prune fut plus longue à se réveiller. Mais aussitôt, inconsciemment, elle utilisa son corps comme bouclier pour le Dan.

Camille tira, non pas de façon très lente et grinçante comme dans un manga, mais d'un geste très rapide qui fit à peine un bruit en fendant l'air.

— Prune, je suis venue te tuer ! avertit Camille.

Le Dan se montra songeuse, alors que tout était prêt à exploser autour d'elle, elle dit finalement lentement :

— Je vais choisir Prune comme seconde.

Camille s'effondra en pleurs, non pas qu'elle soit ambitieuse, mais elle aimait beaucoup Sam et ne voyait pas sa vie sans ce poste.

— Je n'ai plus envie de vivre ! Voyons combien je peux en emporter avec moi !

Et Cam disparut déambuler dans les couloirs du palais avec son sabre à essayer de tuer le plus de vampires possible. Quand Sam la rattrapa, elle en avait tué trois.

— Tu aurais pu être mon bras droit. Si tu avais respecté mes sentiments. Sentiments que j'ai pour toi ET pour Prune. Prune, elle, n'a pas voulu m'accaparer pour elle seule, voilà la raison pour laquelle je l'ai choisie.

Mais la pauvre Camille ne comprenait pas un mot de ce discours. Elle se sentait rejetée, négligée…

Le Dan explosa intérieurement quand Cam lui donna un coup de sabre raté.

— QUOI ?! Tu m'as pris pour une cible ?

Le poussin avait dénigré la mère.

Sam attrapa le poignet du poussin qui tenait le sabre, et le brisa. Elle lui envoya ensuite un coup de poing au visage, puis, Camille à terre, des coups de pied.

De façon assez absurde, c'est Prune qui sauva la vie de celle qui avait voulu la tuer.

— Sam chérie, arrête, s'il te plaît, elle ne mérite pas tous ces efforts...

Sam consentit à arrêter de la battre et fit mander la garde.

— Enfermez cette alouette aux cachots dans une cage très petite et très solide...

CHAPITRE 26
Y A-T-IL UN CHIEN SUR L'ÎLE ?

(Musique : « La lumière » de Orelsan & « Discipline » de Orelsan)

Pascal était un homme qui aimait avant tout le pouvoir. Il avait auparavant géré les commerces avec le continent. Dorénavant, ceux qui vivaient sur Tiladropa y demeuraient cachés. Il ne fallait pas que le monde entier sache qu'il existait des vampires et tout. Finis les « YouTruc », il y avait « TiladroTube » et c'était très bien, on reste entre nous, on ne se mélange pas. Et encore ! On se mélangeait beaucoup trop. Comme cette chatte, Mirri, qui était devenue à moitié vampire, à moitié chat-garou. Pour sûr, elle avait pris les bons côtés des deux et c'en était une coriace. Pascal avait été invité par Sam pour un plan à trois. Le loup-garou avait brutalement refusé. Mais la pensée de ces deux vampires tellement sexy et sensuelles l'excitait beaucoup. Il devait y avoir plusieurs dizaines de louves qui étaient passées dans sa couche, mais pas vraiment « d'experte ». Un jour, il en parla à peu près en ces termes à Nelson. Sur le coup, l'homme de main ne dit rien. Mais un jour, alors qu'il apportait le petit déjeuner à Alpha Centrus, accompagné d'une louve qui pourrait être belle, il enjoignit à son chef de le suivre dans la forêt, que c'était une surprise. Tout en râlant, Alpha accepta son invitation. Se plaignant de la végétation qui gênait sa progression et de la boue qui dégueulassait ses godasses.

Au bout d'un moment, Nelson s'arrêta.

— Voilà, on y est. La maison de la Folle aux Crapauds. Tu y trouveras ce que tu cherches.

— Hum… Merci ?

— De rien ! Permission de quitter les lieux, chef ?

— Accordée.

Alpha s'approcha du taudis cent pour cent bois, l'herbe y était rare et il y avait de la vase partout. Et beaucoup, beaucoup de crapauds. Comme si « la Folle aux Crapauds » faisait un élevage ou cherchait à battre un record du monde de détention de crapauds.

Alpha soupira. En montant sur le seuil, il dégueulassa la moitié de son pantalon, alors qu'il était grand.

L'homme-loup toqua à la porte de cette « Folle ».

— C'est qui ?

— Hum. Mon petit nom, c'est Pascal, mais on m'appelle Alpha Centrus ou juste Alpha. Et, hum voilà, je suis un loup-garou, je suis même leur chef à vrai dire.

La porte s'ouvrit en trombe.

Une femme avec une combinaison de cuir, un visage diaphane, des yeux rouges, des cheveux mi-longs d'un noir corbeau, une belle poitrine, mince et élancée, quoiqu'assez petite comparée à Alpha. Elle avait vraiment l'air d'une folle.

— J'ai vu la prophétie.

— Ah.

— Le dernier point avant « l'arrivée de L'Erreur » c'est « Que les chiots promèneront les maîtres ».

— Ah, dit toujours Alpha, et tu es pour l'arrivée de cette Erreur ?

— Bin, je ne sais pas trop ce que c'est. Mais j'aime les erreurs, et j'aime résoudre des mystères. Tu crois que je pourrais être un chiot ?

— Non, désolé tu es beaucoup trop vulgaire ! dit Alpha.

Ce qui le fit rigoler tout seul.

— Écoute, viens prendre un verre, je te mets un doigt de whisky, un peu de limonade, de l'eau et du lait.

— Ouah ! T'es carrément folle en fait.

Elle le plaqua contre le mur, un couteau d'assassin que personne n'avait vu venir sous la gorge et elle répéta avec assurance :

— Excentrique. Le terme, c'est excentrique.

— Ok, ok. Excentrique, c'est compris, pardon, pardon.

Elle le relâcha.

Il y en avait peu capables de faire trembler Pascal.

— Viens boire, maintenant.

L'homme-loup s'assit et but doucement son breuvage dégueulasse.

— Comment tu t'appelles ? Je ne vais pas t'appeler tout le temps…Excentrique… aux Crapauds !

— Uriane.

Pascal tomba en demi-syncope. Il y avait du poison dans son cocktail. Pas le genre qui vous tue, non, mais le genre qui vous rend malléable.

Uriane lui passa un collier autour du cou, auquel elle attacha une laisse et sortit promener « Alpha gnagna » dans les marais. Pas longtemps. Juste assez pour dire qu'elle l'avait fait.

Elle s'assit dans la boue et regarda une vidéo sur son smartphone.

« Quand le corbeau aura mangé son fromage,

Que la cigale aura volé la fourmi,

Que le poussin aura dénigré la mère,

Que les chiots promèneront les maîtres,

Descendra du ciel "L'Erreur" sur Tiladropa.

Seul un humain né de ces terres pourra le tuer. »

    Chamylle avait reporté l'histoire de la cigale dans une vidéo, Sam celle du poussin et du corbeau (les deux). À présent, voilà son tour venu de partager son bout du chemin (excentrique !).

    À la caméra de son smartphone :

— Chalut. C'est moua, Uriane, on m'appelle la Folle aux Crapauds, mais si vous m'appelez comme ça, je vous tue. Le terme c'est « excentrique ». Le toutou là, au bout de ma laisse, c'est Alpha Centrus, le « grand » chef des loups-garous. À sa décharge, je l'ai drogué. Je ne sais pas si je suis un chiot, mais ce qui est sûr, c'est que j'ai promené le maître. Alors… Voici venue « L'Erreur » sur Tiladropa. Tremblez.

    Elle arrêta son *speech* là, contente d'elle.

— Je n'ai aucune idée de ce qu'est « L'Erreur », mais je veux le voir…

140

CHAPITRE 27

ERROR

(Musique : « Kryptonic » de 3 Doors Down & « Sky is over » de Serj Tankian)

Je n'ai pas de nom.

« L'Erreur » ou « *Error* » prononcé à l'anglaise (c'est très à la mode), c'est comme ça qu'on me désigne.

Je suis né dans le ventre de Samantha. Oh non, je n'ai pas eu un temps de gestation très long… Je ne suis pas né d'une relation sexuelle… Je suis né de la haine…

Je parlais à travers ma mère ! Sinon, comment ? Haha !

Je leur ai annoncé des signes précurseurs à ma venue, juste pour les rendre fous. Cela ne servait à rien d'autre.

Il n'y avait aucune logique là-dedans, si ce n'est observer et décider…

Je savais parfaitement ce qu'il me restait à faire sur cette île.

Ma venue au monde, par l'utérus de Samantha, ne fut que

moyennement sanglante. Une heure plus tard, j'avais atteint la taille adulte. Deux heures plus tard, je possédais la connaissance. J'étais quelque chose de très dangereux, qui grandissait à vue d'œil et emportait tout. Mais je n'étais pas là pour durer… Dans quelques jours, je serai mort de vieillesse.

Collectionneur. C'était mon seul trait « humain », j'étais un fada de collections. J'avais collectionné les abonnements aux chaînes TiladroTube, j'étais abonné à chaque habitant et je regardais les vidéos des autres : de celui qui entretient un poulailler à celui qui construit une forteresse. J'avais pris l'anneau de ma mère, le meilleur de tous. Je laissais ceux des autres vampires à ma portée, mais pas en ma possession, tel un gamin attendant Noël pour ouvrir ses cadeaux.

Avec mon anneau, je gouvernais physiquement tous les anneaux mineurs à la place de maman, c'est-à-dire toutes les personnes importantes de Tiladropa. Autrement dit, j'allais faire mal, très mal…

J'étais juste le fils de la haine du Dan. Je voulais faire mal.

***

**

*

Collette et Karatropa n'avaient pas perdu une miette de l'avènement de L'Erreur, ils étaient tous de force égale, mais la prophétie disait :

« Seul un humain né de ces terres pourra le tuer. »

C'est-à-dire soit monsieur ou madame Memsi, soit Sacha, soit Uriane… Ou un autre dont on n'aurait pas entendu parler. Ils étaient mal barrés !

— Je dois descendre ! signifia Collette à son mari.

— Il faut que je protège nos créatures, il faut que j'affronte L'Erreur. Je dois protéger nos créations, même si je dois y laisser la vie.

— Bien, femme, trouve les quatre humains et essaye de savoir lequel des quatre est mentionné par la prophétie ! ordonna Karatropa.

Avec L'Erreur sur Tiladropa, tout peut basculer d'un moment à l'autre...

Ils ne se disaient plus « je t'aime », c'était terminé, c'était trop puissant, ça se sous-entendait juste.

— Je vendrai chèrement ma peau ! assura Collette.

CHAPITRE 28
IL N'EST PAS D'ERREUR QUI TIENNE...

(Musique : « Never again » de NickelBack et « Un été français » d'Indochine)

Cinq jours avaient passé… Toujours à la lisière entre la forêt et le verger, Chamylle regardait les papillons et savourait le contact de l'herbe sous ses pieds nus, le vent dans les cheveux…

Accompagnée non pas par Nathan, mais par ChatRles, celui-ci voulait lui confier davantage de responsabilités au vu de sa grande popularité.

Quand soudain arriva L'Erreur.

Elle était effrayante, aussi grande qu'Alpha. Très très discrète et silencieuse, on lui donnait au moins quatre-vingts ans, une capuche recouvrant le haut de son visage, n'était-ce qu'un visage aux lèvres blanches et à la peau couleur Camel. On avait l'impression qu'il allait dégouliner son gras sur sa figure. Ses yeux étaient invisibles, sa démarche lente, « courtoise », il avançait avec les mains comme s'il était aveugle ou qu'il voyait des choses que les autres ne voyaient pas.

— J'ai collecté la moindre parcelle d'informations sur les Tiladropiens, et toi, Chamylle, tu es la fille à la robe verte, celle qui doit tuer ma mère, mais ne t'inquiète pas… Je l'ai fait pour toi… Eh oui, c'était une… erreur.

ChatRles et Chamylle avaient le souffle et les jambes coupés. Fascinés, terrifiés, ils ne pouvaient que regarder.

— Chamylle, tu es le meilleur parti de cette civilisation…

La Léonine réagit enfin.

— J'ai déjà un copain ! Et jamais, je répète, jamais vous ne m'aurez, moi.

L'Erreur explosa de rire.

— Ha ha! Mais ce n'est pas toi que je veux !Ni toi, ChatRles !

Devant leurs airs incrédules :

— Je veux juste vos anneaux.

Sur ce, il leur montra les dix-huit anneaux en sa possession.

Il n'en manquait que trois, Chamylle en avait un et ChatRles deux.

D'un geste, il attira les anneaux à lui par télékinésie. L'Erreur possédait désormais tous les anneaux.

— Je vais quand même bien m'amuser ! dit-il.

À l'aide de sa magie, il figea ChatRles qui resta conscient, mais impossible pour lui de bouger, et fit léviter Chamylle, tout en l'étranglant, mettant ses intestins et sa cage thoracique en feu. Il s'amusa comme ça un instant à l'entendre crier. Puis brusquement, cela ne l'amusa plus et il laissa tomber Chamylle.

Il regarda ChatRles droit dans les yeux.

Ferma ses paupières.

— Je n'existe plus. L'Erreur... L'erreur, c'était d'avoir créé ces anneaux magiques, et je les ai tous détruits à présent... Vis pour moi, ChatRles...

Et il se changea en sable, emporté par le vent. Bon débarras.

Sur le sol gisait Chamylle, sa tête avait cogné une grosse pierre en tombant. Le sang ruisselait de la plaie. ChatRles ne put rien faire. Chamylle était morte. Et Sam aussi. Voilà ce qu'avait coûté L'Erreur, la vie de deux femmes de clans opposés, toutes les deux très aimées de leurs peuples.

148

CHAPITRE 29
POUTCH !

(Musique : « Le vent nous portera » de Noir Désir et « Moi Lolita » de Julien Doré)

— Sahla, mon frère… Elle est morte, morte, putain ! se lamenta Nathan…

— Frère… Le criminel est mort lui aussi… J'aimerais tellement qu'il soit vivant pour le tuer une seconde fois…

— Naturellement, mais ChatRles était là et il n'a rien fait.

— Oui, cela ne va pas. Ce n'est pas digne d'un chef de clan.

— Tu sais quoi, Sahla…Chamylle et moi, on voulait prendre le trône. Je… je vais défier ChatRles, en hommage à Chamylle.

— Je t'accompagne. Mais jamais nous ne convaincrons Blue-Jean, il nous soupçonne et rôde toujours autour de ChatRles pour le protéger. Ce sera un deux contre deux.

Sans transition, le combat fut féroce. Sahla reçut plusieurs griffures au visage et perdit un œil. Nathan écrasait la tête de ChatRles avec, dans sa gueule, celle de Blue-Jean.

ChatRles était mort… Il avait rejoint Sam, Chamylle… Et Blue-Jean…

Les deux malfaiteurs s'enfuirent répandre la nouvelle et se dépêcher de se nommer souverains.

Ninja, qui était là, discrètement, versa une larme pour son fils et son meilleur ami.

C'est alors qu'une drôle de chose se produisit.

CHAPITRE 30
(Dernier chapitre)
APOCALYPSE

(Musique : « Toute cette histoire » de Louise Attaque & « Got to be there » de Michael Jackson)

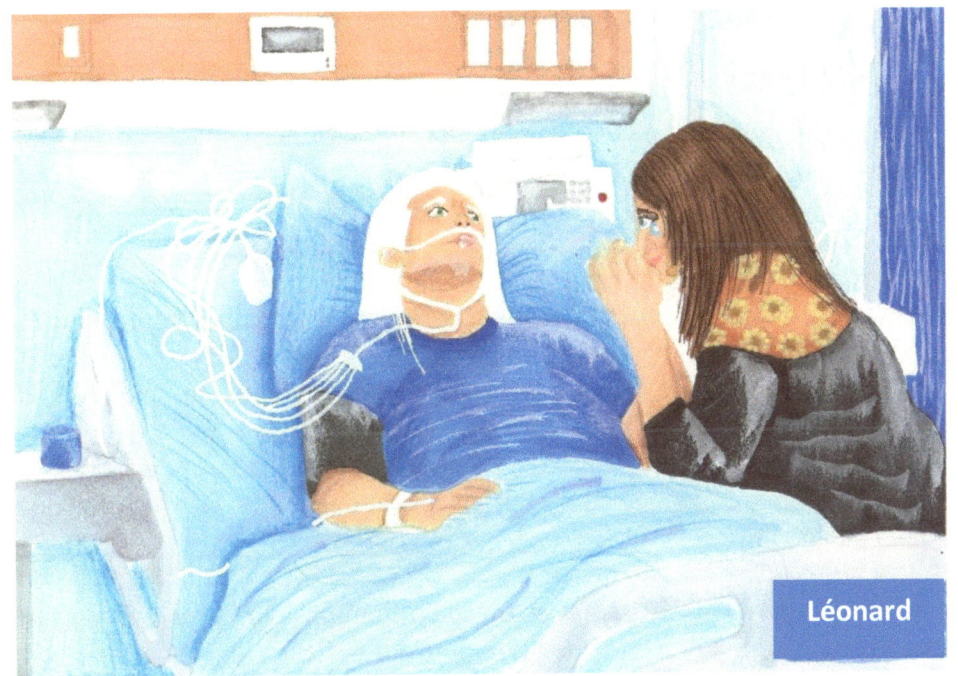

Léonard

— Pascal venez vite il se réveille !! Mon amour enfin tu te réveilles, quel soulagement ! J'ai eu si peur pour toi !.

Des paupières qui s'ouvraient lentement…

Un visage qui se dévoilait petit à petit, où il posa les yeux en premier.

Une fille aux longs cheveux bruns, petite, 1 m 60, belle, avec des formes parfaites, un bon parfum de rose, de grands yeux bleu qui véhiculaient beaucoup d'informations et d'émotions. Des fringues un peu usées dont on voyait bien que c'était de la camelote, mais c'était quand même très joli sur elle. Elle semblait avoir dans les vingt ans. Elle lui rappelait quelqu'un, mais qui...

— Léonard. Réveille-toi, mon Léonard.

— « Lé… Léonard ? Ou léopard ? C'est qui ça ? Moi, c'est ChatRles… Je suis un lion.

— Oh, mon cœur, tu dois encore délirer à cause de l'accident, ça faisait sept semaines que tu étais dans le coma.

— Tu veux dire que… Non, je ne comprends pas…

— Que s'est-il passé dans ta tête pendant toutes ces semaines, mon chou ?

— Je…je ne sais pas… Tout semblait si réel…J'étais un puissant et majestueux lion.

— Bah voilà la preuve que ce n'était qu'un cauchemar… Tu vois bien que tu n'es pas un lion.

— Mais… Je pouvais aussi me changer en humain. Oh et puis, il y avait cette Erreur qui m'a demandé de vivre pour lui… Les…

— Chuuuut ! C'étaient des hallucinations, chéri, calme-toi tout va bien.

— Pas de vampires ?

— Pas de vampires.

L'infirmier arriva dans la chambre de réanimation, toute comme la jolie fille l'en avait enjoint.

— Bonjour, Léonard. Alors ! On revient de loin ! Sept semaines dans le coma ! Bravo pour être revenu parmi nous. Moi, c'est Pascal. Tu nous as fait très peur.

— Pascal ? Alpha Centrus, le loup-garou ?

Pascal explosa de rire.

— C'est donc comme ça que tu m'imaginais ? Je ne t'ai jamais vu qu'en état comateux, mais je m'asseyais à côté de toi et je te racontais des histoires de loups-garous, en effet...

— Wow ! C'est dingue ! Alors je m'appelle Léonard et pas ChatRles ? Je me souviens très mal... Et la jolie brune c'est... c'est ma petite amie ?

La petite amie lui serra très fort la main.

— Oui, Léonard...Je peux t'embrasser ? Je veux dire, si tu es prêt ?

— Euh, OK, mais juste un *smack*... J'suis un peu perdu pour l'instant...

Ses lèvres avaient le goût de la crêpe au chocolat, il se promit d'y revenir plus tard.

— Je m'appelle Illya, on sort ensemble depuis un an, trois mois et sept jours. On habitait à Marseille, là où on peut...

Illya n'avait pourtant pas vraiment l'accent marseillais.

— Wow ! Putain ! Marseille... Je l'imaginais comme une ville très lointaine où je ne suis jamais allé… Dans mon délire, j'habitais Tiladropa. Un truc de fou, chérie.

    Elle sourit.

— Tu as une imagination tellement débordante… Mais dis-moi, qu'est-ce qui t'a ramené à la vie ?

— Euh, je ne sais pas trop, Illya, je suis mort dans mon rêve et je me suis retrouvé ici. Je me rappelle très peu les choses.

— Bon, les amoureux… Je crois que l'imagination dingue de Léonard combinée à mes petites histoires de *modern/Urban-fantasy* lui ont fait faire un gros *trip*… Léonard, tu as été tout simplement heurté par une voiture. Tu peux choisir de déposer plainte ou non contre lui, les interrompit Pascal.

— Déposer plainte… Pour avoir vécu quelque chose d'aussi merveilleux…Euh, attendez, je ne vais pas être en fauteuil roulant ou quelque chose ?

— Non, Léonard. Tu es en parfait état de santé. J'imagine que tu veux passer du temps en ville avec ta chérie.

    Léonard pleurait.

— Alors tous les amis que j'avais… sont des hallucinations ?

    Personne ne nia l'évidence.

— Et qui est-ce que j'ai ici ?Un papa, une maman ?

    Illya brisa un long silence.

— Tu n'as plus que moi, bébé. Mais crois-moi, j'en vaux la peine. Je n'ai quasiment pas quitté ton chevet pendant sept semaines. J'ai raté mes études comme ça… mais mon cœur…on est à la rue… Je suis désolée, tu étais peut-être mieux dans ton rêve, mais je t'aime tellement… Attends, écoute, Pascal a une très bonne nouvelle pour nous…

Et elle se mit à pleurer, mais pleurer vraiment, un torrent de larmes incontrôlable.

Les souvenirs revenaient lentement.

— I… Illya…je t'aime, bébé. Cette expérience était… déroutante… mais… il va falloir que je me fasse à l'idée que « c'est ici la vraie vie »…

Illya le serrait très très fort contre son corps.

Léonard demanda :

— Et on était deux étudiants à la rue ?

— Oui… On faisait des restos-basket, on s'arrangeait pour paraître propres, ne pas se faire recaler à l'entrée. J'étais experte pour trouver le bon moment et toi tu m'as appris à courir vite. Tu m'as si souvent protégée.

— Mais c'est fini ça, maintenant, dit Pascal. J'ai expliqué à Illya que je possède une grande maison à Aix-en-Provence, avec un grand garage. Je vous laisse le garage, je n'en ai pas besoin… Juste pour garer ma moto les rares fois où je suis à Aix, mais il restera bien assez de place pour vous. Vous serez bien là-bas… Ce n'est pas si loin de Marseille en train…

— M…merci, mais… pourquoi une telle générosité ?

— Eh bien, je connaissais bien ton père, gamin, Claude Memsi.

— Ah ! Memsi, ça me dit quelque chose ! Il y avait aussi une madame Memsi.

— Laurence Memsi, ta regrettée mère...

— M'en souviens !

— Bon, allez les tourtereaux, allez flirter en ville, le docteur n'est pas là, et sinon je ne dirais pas que vous êtes sortis de toute façon. Allez manger un morceau, voilà dix euros.

— Merci du fond du cœur, Pascal... Et dire que dans mon rêve vous étiez un méchant... Je suis désolé...

— T'excuse pas ! Je fais du théâtre et j'adore jouer les rôles de méchants.

Illya attrapa Léonard par la main et le mit difficilement debout. Il lui fallut quelques minutes pour marcher correctement, lui mettre des vêtements normaux. Illya l'embrassa sans lui demander son avis pour le féliciter. Et lui dit ces mots d'amour si puissants :

— Quoi qu'il arrive.

Un peu confus, mais assez conscient, Léonard répéta : « Quoi qu'il arrive ».

***

**

*

Partie 2

Illya Loud

Pologne, Varsovie
1995-2005
(De sa naissance à ses 10 ans)

(Musique: « Island in the sun » de The Weezer & « In my place » de Coldplay)

C'est en 95 que s'est écrit une nouvelle page. Le 21 avril 1995, je mis au monde une enfant. Nous avions gardé la surprise pour le sexe, mais de toute façon, vu le coût de la vie en Pologne, il valait mieux faire comme ça. Moi, c'est Urszula, je cultive des terres agricoles avec l'homme qui accompagne ma vie, un certain Adrian. Adrian et moi, ça a toujours été comme une évidence, on se connaît depuis tout petits, à l'adolescence, on s'est rapprochés. Nous avons eu notre première enfant et première fille ce 21 avril 1995. Nous l'appelâmes « Illya » comme l'« Illyade » d'Homère, un des rares bouquins que j'avais réussi à lire en entier, ardu celui-là. En espérant qu'il lui arrive à elle aussi de belles aventures… Mon mari, Adrian, avait été témoin oral de la Shoah, et était peu fier que notre pays ait déporté des Juifs avec tant de zèle.

Toute la vie de la petite Illya fut le théâtre d'investigations politiques de toutes sortes, la Pologne changeait de président comme de chemise.

Nous n'étions que nous trois, Adrian, Illya et moi. Forcément, on a eu besoin que la petite devienne « rentable » vu notre niveau de pauvreté, et comme on n'avait pas envie de la prostituer à des vieux messieurs pervers alors que ce n'était qu'une gamine, on lui a appris à retourner la terre, bêcher, arroser, ramasser les pommes de terre. Elle se débrouillait bien ! Adrian travaillait dur pour vendre nos produits bio et locaux, mais il y avait un petit réseau de clients fidèles, un noyau dur qui disait : « Vous aurez toujours de quoi vivre… tant que vous travaillez ». Moi, j'appris par un docteur que je ne pourrais pas avoir d'autre enfant. Illya serait donc ma fille unique et chérie. J'avais une tante qui habitait dans le sud de la France… J'espère secrètement (sans le dire à Adrian, je veux dire) envoyer Illya chez sa tante où elle s'épanouirait davantage. Un beau jour après avoir économisé sept longues semaines, je lui posai sur son oreiller un livre très volumineux qui s'appelait « Histoire, Géographie, Politique et Culture de la France des années 14 à nos jours ». Illya était émerveillée ! Elle était un peu précoce pour lire ça à seulement neuf ans, mais en même temps, précoce, elle l'avait toujours été. Adrian lui apprenait surtout à travailler la terre. Moi, j'essayais d'ouvrir un peu plus son esprit. Grâce à sa maman, Illya savait lire, ce qui était rare. Rare comme la prunelle vert émeraude de ses yeux.

Quand Illya eut dix ans, un pape allemand, Benoît XVI, prit sa place au Vatican, ce qui fut l'occasion de beuveries en masse à laquelle aucun de nous trois ne participa, si Illya avait eu dix ans de plus, nous aurions pu lâcher prise, mais pas maintenant.

Finalement, la Pologne semblait bien partie pour entrer dans l'Union européenne, chose qu'elle réclamait depuis 1999. En juin 2003, 77,42 % des Polonais se prononcèrent en faveur d'une entrée dans l'UE.

L'entrée dans l'OTAN fut aussi un soulagement...

Puis l'Église invectiva la Pologne pour que les religieux soient plus au cœur des médias.

Illya avait bien grandi, elle parlait peu, mais bien, elle avait désormais dix ans, et ne semblait pas se rebeller outre mesure. Il y avait des mots dans ses silences. Son pire défaut, c'était d'être sale, bordélique, une vraie aversion pour le manche à balai. En revanche, c'était une fillette qui, quand elle avait quelque chose dans la tête, ben elle ne l'avait pas ailleurs.

Quand elle eut fini de lire son livre sur la France, il se passa ce que j'avais escompté.

— Maman, je veux habiter chez tata en France.

Je souris patiemment.

— Je vais te faire une confidence. J'espérais que tu me dirais ça, car ta place est là-bas, tu n'es pas une catholique, tu es belle, tu mérites qu'on te couvre d'or... Des jeunes hommes séduisants le feront... J'en suis sûre...

Illya pleura devant les confessions si sincères de sa maman qui n'avait jamais voulu que son bien-être, mère et filles évacuant leurs lacrimas ensemble.

    Malheureusement, Illya ne trouva pas la force d'avouer à sa mère qu'elle aimait les filles tout autant que les garçons. C'est quelque chose dont elle aurait le droit d'être fière plus tard en France, mais pas en Pologne.

Saint-Rémy-de-Provence
2005-2012
(De ses 10 à ses 17 ans)

(Musique: « Far from home » de Five Finger Death Punch et « Leave out all the rest » de Linkin Park)

Les charmes de la Provence… Les champs de lavande à perte de vue, les arbres millénaires où on faisait couler la sève. Les petits oiseaux qui chantaient tout le temps, l'air des cigales, oui, perpétuellement. Et les prés gigantesques pour deux chevaux… Tout cela était bien beau… Ça sentait le miel et la lavande, bien sûr !Il y avait des ruines de l'Antiquité, la Rome Antique, fascinantes à explorer. Ils passaient une série à la télé appelée « Kaamelott » qui la faisait beaucoup rire. Et puis encore les grillons… Le jardin plein de mirabelles trop mûres que tata avait eu la flemme de cueillir. Illya se surprenait à en tâter le goût avant de recracher, c'était dégueulasse. Les gros chiens de tonton, mi-loups mi-chiens. Elle partait souvent les promener, mais qui promenait l'autre d'ailleurs ? Vivant beaucoup plus à son aise, Illya mangeait les paquets de gâteaux en une fois et pareil pour les pots de Nutella. Mais quand elle s'aperçut qu'elle allait tourner grassouillette, elle se força à attaquer un régime et s'y tint. Elle faisait le tour du grand jardin de son oncle et sa tante, croisait parfois un écureuil, le chien des voisins, des chats sauvages, des souris, des lapins, des mulots et des rats, et les oiseaux…Pléthore d'oiseaux différents. Des mésanges, des moineaux, des merles… Mais le pire, c'était sans doute les insectes, il y en avait tellement. Quelquefois, très rarement, elle croisait un serpent, elle se disait alors : « Il a plus peur que toi » et le fixait sans avancer jusqu'à ce qu'il s'en aille. Illya essayait de marcher en funambule sur la corde à ligne, pourquoi si basse ? Elle n'avait jamais su. La cabane au fond du jardin, où tonton donnait des cours de musique, elle s'invitait parfois à danser. Mais les hommes présents étaient bien trop âgés pour elle. Il y avait une piscine, or elle était constamment vide. D'ailleurs, Illya se demanda si elle serait un jour remplie avant sa mort ! Il faut dire qu'elle n'y mettait pas du sien non plus. Et entre la cabane de tonton et la piscine vide, la formidable collection de bouteilles de bière de tata. Quant à tonton, il collectionnait plutôt les bouteilles de vin. Avec ces deux-là, il fallait s'attendre à sortir de table à moitié saoul. Majeur ou mineur (rien n'est illégal si personne n'est au courant). Le plat préféré que lui faisait tonton était le lapin à la moutarde !Bon, tant pis, elle ne serait pas la végétarienne qu'elle espérait être…

« Ils mangent des cadavres !me disait le surveillant[24] », s'amusait tonton.

---

[24] Mon grand-père disait vraiment ça.

Eh oui, tonton… C'est pourtant la vérité. Mais pour toi et tata, pour m'avoir fait passer de la vie de merde à la vie de rêve, je veux bien manger des cadavres.

Maman et papa lui manquaient beaucoup.

Mais ici, elle n'avait pas à travailler le moins du monde pour gagner sa vie.

Elle pouvait s'allonger au soleil, sur un transat, s'arroser de crème solaire et c'est ainsi qu'elle acquit un très beau bronzage. À Saint-Rémy-de-Provence, il faisait toujours un beau soleil.

« Chère maman, papa,

Ici, tout va très bien, j'ai même honte de vivre dans une telle opulence, mais je me promets de travailler dur pour la suite afin de rembourser ma dette au Grand Patron.

Je vous embrasse très fort et vous envoie un peu d'argent.

On se reverra, c'est promis.

Illya. », écrivit-elle en août 2012.

Lyon
2012-2013
(De ses 17 à ses 18 ans)

(Musique : « Au conditionnel » de Matmatah & « J'veux pas rester sage » de Dolly)

Tata lui avait dit :

— Ma petite nièce, tu peux vivre de la vie de rentière si tu le souhaites, mais tu en es une drôle qui en a dans la caboche, et tu ne vois pas grand monde de ton âge ici. Ce serait sympa si tu allais à Lyon, nous avons notre fils, Victor, qui y habite. Il est marié... hum hum... homosexuel... avec un Valentin. Je te dis cela pour que tu te prépares un peu, bien qu'au fond, je ne pense pas que cela te choque. J'aimerais vraiment que tu ailles à l'école là-bas. Tu sais lire et écrire, il n'y a pas besoin de plus que ça pour apprendre... Et puis tu parles déjà trois langues.

Illya avait alors répondu :

— Merci, tâta, pour ces sept ans de vie de rêve, je t'en suis reconnaissante à jamais, je pense comme toi qu'il faut que j'étudie... Je vais commencer les recherches d'écoles à Lyon.

Mais tata l'interrompit :

— Non, non, Illya, Victor s'en chargera. Il a beaucoup plus l'habitude. Tout ce que je te demanderai, ce sera de prendre le train toute seule donc pas plus de deux valises, Victor prendra le relais, là-bas.

Un peu plus tard, elle était assise dans le train qui va de Saint-Rémy-de-Provence à Lyon, ce n'était pas la saison et il n'y avait personne dans le wagon.

Quand d'un coup, un jeune homme qui devait avoir son âge ne déambula pas vraiment droit et demanda à s'asseoir à côté d'elle alors que toutes les places étaient libres. Illya lui répondit « non » à sa demande. Mais cela n'eut pour effet que de le faire beaucoup rire. Au bout d'un interminable silence, l'adolescent commença à caresser la cuisse d'Illya. Alors là, non ! Elle lui mit son poing dans la figure et pendant qu'il épongeait le sang qui en coulait, elle changea de wagon avec ses deux grosses valises et demanda l'aide d'un contrôleur, expliquant avoir été agressée sexuellement.

Je ne sais pas si c'est la mine adorable d'Illya qui déclencha la réaction forte du contrôleur, mais il fit arrêter le train pour y descendre par le col l'auteur de l'agression.

Après avoir fait connaissance avec Victor (son cousin) et son amant, Valentin, la petite Illya s'affala sur le lit, puis se réveilla à minuit et demi, heure à laquelle elle défit son sac puis recommença à dormir.

— Hé, bonjour toi ! fit une voix dynamique, candide et inconnue.

— Hum, bonjour ? Vous êtes ?

Elle le dévisagea lentement et aussitôt elle eut envie de l'embrasser, il était plutôt grand et sec, la pigmentation rousse, et les yeux d'or, un menton volontaire, un corps puissant, quelque chose dans l'œil.

— Ohla ! Tu veux une photo dédicacée, toi ? se marra le gars.

Il lui dit s'appeler Léonard, Léonard Memsi.

— Illya. Illya Loud.

Léonard fit faire le tour de la ville à Illya, il fallut s'y prendre à plusieurs reprises, impossible de tout voir en un jour dans le grand Lyon. Illya mit les études sur pause. Léonard était le filleul de Valentin. Et c'est pour ça qu'elle avait pris le mauvais lit.

Léonard la conduisit à une fête « pour les *geeks* ». Elle lui déclara alors qu'elle n'était pas *geek* :

— Tu es quoi, alors ?

— Je suis vivante et c'est déjà pas mal.

Encore un grand rire franc.

À la soirée cependant, elle raccompagna un gars chez lui pour y faire des choses peu catholiques, Léonard la vit s'en aller, s'en voulut à mort, il avait gâché sa chance à être trop gentil, trop patient.

Par ailleurs, le gars, Nathan, n'éprouvait aucune sympathie pour Léonard, ce n'était que son beau-cousin par alliance. Mais c'était suffisant pour qu'il n'y ait pas inceste.

Quand Illya revint de chez Nathan, elle trouva un mot sur son oreiller.

« Illya, j'ai trouvé la formation parfaite pour toi, cela dure six mois seulement et tu as une équivalence Bac, c'est pour les durs à cuire comme toi, prends les matières littéraires vu que tu parles à la perfection le français, l'anglais et le polonais… Moi je retourne à Aix-en-Provence où (je n'ai pas eu le temps de te dire) j'habite d'habitude. »

C'était tout, pas de grande déclaration, pas de comédie, de jalousie… Elle sourit…

Fontvieille
Juillet 2013
(À ses 18 ans)

(Musique : « Stronger » de Kanye West & « Just can't get enough » de Black EyedPeas)

Illya avait obtenu son équivalence Bac L à Lyon avec une surprenante facilitée. En LV2, elle eut la chance d'avoir un module de polonais, et pris une LV3 d'espagnol puisque les langues, c'était son truc… L'anglais et la littérature, française ou anglaise, c'était son dada. Léonard avait été bon conseiller.

Elle avait du mal à se souvenir de tous les noms et toutes les dates en histoire. Et puis, l'Histoire, elle n'y croyait pas trop… Quelle Histoire ? L'histoire des gagnants, l'histoire des hommes masculins…

La philo, c'était bien, mais elle craquait d'y raconter sa vie. Sa vie si jeune et si dense trouvait son reflet dans la plume de bien des philosophes. Elle ne pouvait résister à coucher sur le papier les idées qu'elle trouvait dans sa *life*.

En été 2013, la jeune fille de tout juste 18 ans, n'avait plus trop d'argent pour voyager et ne voulait pas demander des thunes à tata. À personne, en fait. Cette fille détestait qu'on lui fasse crédit. Illya avait emménagé à Aix-en-Provence récemment, avec l'argent qui lui restait. Elle envoyait le plus gros à ses parents en Pologne…ne mangeait pas à sa faim tous les jours… Mais après le Bac, il fallut s'installer dans une ville universitaire. Celle d'Aix/Marseille était la meilleure, attirait des lycéens du monde entier… Et Illya voulait le meilleur. Elle réfléchissait à un double cursus Langues et Philosophie, ou Psychologie si elle ne trouvait pas la Philo.

Illya eut donc son Bac au cours de sa formation accélérée en six mois, fin juin 2013, et se retrouva avec deux mois complets à tuer avant d'entrer en fac, mais elle déménagea par avance.

Elle se sépara de Nathan. Ce dernier semblait confiant, au fond de lui, il croyait dur comme fer qu'elle lui reviendrait d'elle-même… Et puis, puisqu'il fallait déménager et donc se séparer… Ils ne s'aimèrent pas assez pour braver les distances.

Alors elle se rappela que Léonard lui avait écrit sur un papier qu'il habitait à Aix-en-Provence. Mais elle n'avait aucun moyen de le contacter. À part passer par Victor ou Valentin…Non seulement Illya détestait qu'on lui avance de l'argent, mais elle ne supportait pas de recevoir un service non plus. En Pologne, chacun mettait ce qu'il estime mériter dans son assiette, et personne ne le faisait pour vous.

Fontvieille était une petite ville merveilleuse. Le beau soleil, pas trop de vent, les monuments magnifiques, sa bibliothèque, le moulin d'Alphonse Daudet, le chant des cigales, du vert à perte de vue… Et ça sentait bon le bois sec.

Illya s'était enfuie à Fontvieille après avoir rompu avec Nathan. Elle voulait aller ailleurs, n'importe où, mais ici ça lui semblait bien. Elle allait retrouver un groupe de hippies/chamanes qui avaient investi un champ et monté des tipis.

Là, elle découvrit pour la première fois le cannabis, et d'une grande sagesse, elle se promit de ne plus jamais y toucher après être partie de Fontvieille. Ces vacances, c'était une semaine de récréation, de l'esprit et du corps. Il y avait également « l'eau de feu » qu'elle tenait plutôt bien. Comme depuis longtemps, Illya se croyait bisexuelle, elle eut droit à son deuxième amour, avec une fille appelée Jessica, âgée d'un an de plus qu'elle. Homme ou femme ? Aucune préférence... Elle devait être pansexuelle...

Puis il y eut les orgies. Mais Illya resta juste avec sa partenaire habituelle (Jessica), elle n'était pas attirée par les plans à plusieurs, les coups d'un soir, etc.

Et enfin l'avant-dernier jour : le chamane.

Le Chamane disait s'appeler « Vert », Illya se retint de lui dire que c'était une couleur et pas un prénom. Elle-même avait été nommée selon les mythes grecs.

Vert et Illya aspirèrent la fumée du calumet de la paix, burent une décoction étrange et changèrent d'univers. Ce qui se passa avec Vert, c'était beaucoup, beaucoup plus que du plaisir, elle revit ses vies antérieures. La plus célèbre d'entre elles : Laurent de la Hyre, peintre du XVIIe siècle qui lui hurlait : « Mets-toi au dessin, Illya ! ». Apparemment, selon Vert, elle avait une âme assez ancienne, ainsi qu'un ange gardien assez fort. Et puis, elle se rappela la voix qui l'avait réveillée un matin à Lyon. Cette voix qu'elle aimait, dont elle appréciait le timbre, celle de Léonard. Vert lui dit que ce mec-là, c'était son âme sœur.

Elle reprit conscience beaucoup plus tard, c'était dimanche matin. Elle n'était pas là où elle se rappelait avoir perdu connaissance. Son esprit avait dû occulter quelques souvenirs. C'était le dernier jour de la communauté, après ils partaient direction l'Espagne, mais elle n'allait pas les rejoindre, du moins pas tout de suite. Cependant, elle avait distribué son courriel a plein de hippies. Mais pas Jessica. Oups. L'idylle prenait déjà fin... Illya ne voulait pas faire face aux adieux... Elle partit comme une voleuse sans attendre la fin... De toute façon, elle savait qui était son âme sœur désormais ! Aussi vrai qu'elle se mît au dessin.

Aix-en-Provence
Juillet 2013
(À ses 18 ans)

(Musique : « Dangerous » de David Guetta et « Que tu l'aimes encore » Amel Bent)

Ça n'allait pas très fort depuis qu'elle avait quitté le campement hippie, elle vivait la « descente » des drogues qu'elle avait consommées à l'aveuglette... Dans quelques jours, ça ira mieux, imposa-t-elle. Et jamais, plus jamais de cannabis. Bon OK, juste deux ou trois fois par an... Les grandes occasions...

Illya était de retour à Aix-en-Provence. Dans sa boîte aux lettres, elle trouva un papier qui lui annonçait la mort de sa tante à Saint-Rémy, et de tonton aussi. Elle lut grosso modo qu'il y avait moyen de récupérer la baraque, mais que ça allait être une bataille juridique de tous les diables.

Elle était partie pour fuir Nathan. A présent, c'est Jessica qu'elle fuyait. Il n'y a rien de plus dangereux que l'amour...

Illya s'installa dans son 10 m² et ouvrit son portable à clapet, lut ses messages, ce qu'elle n'avait pas fait depuis une semaine. Elle consulta aussi ses courriels. Beaucoup de vœux de condoléances pour tata et tonton. Un mail avec une photo salace de Nathan. Dans un autre registre, plus mélodramatique, un mail de Jessica, qui avait dû avoir l'adresse par un tiers. Elle ne répondit à personne.

Sauf à Léonard qui lui avait envoyé cinq ou six SMS, le dernier datait d'il y a un quart d'heure et contenait le message suivant : « Help »...

À lui, elle répondit par un appel.

Le téléphone sonna une fois, deux fois, tr...Puis Léonard décrocha.

— Hey salut...

— Salut, ma belle...Tu étais où ?

— Dans un campement de hippies. Ça fait longtemps que tu cherches à me joindre ?

— Non, pas tant que ça... Tu as vu que Victor avait chopé une saloperie ?

— C'est la raison pour laquelle tu m'envoies des SOS ?

— Ah non, ça, c'est une autre histoire...

— Eh bien raconte !

— Je militais dans ce collectif, tu sais, ceux qui se croient dans le film *V pour Vendetta*. On m'a balancé, on m'a accusé d'être un malade mental, et on m'a enfermé.

— Crotte ! Tu es dans quel hôpital ?

— Saint-Anne à Paris...

— Re crotte ! Ce n'est pas la porte à côté !

— Je sais... Des purs fachos. Je suis cachetonné à mort et là-bas les gens sont soit dangereux, soit tristes à pleurer, ou ennuyants à mourir, et très très bizarres. Je t'assure, c'est une prison.

— Putain de bordel de merde ! Je ne peux pas te laisser comme ça...

— Waow.

— Quoi, Waow ?

— C'est juste que tous les autres m'ont simplement dit « bonne chance et merde »...

— ...

— ...

— Je fais mes bagages.

Paris
Juillet 2013
(À ses 18 ans)

(Musique : « Les planètes » de M. Pokora et « Le feu » de Kendji Girac)

L'endroit était luxueux, un grand portail en forme d'arche, des jardins luxuriants à perte de vue et des statues élégantes ; ça se voyait que le jardin était correctement entretenu. Le tout ressemblait à une cathédrale ou bien à une maison blanche.

« J'ai droit à une balade dans le parc matin et soir, une heure… », lui avait dit Léonard, en précisant lesdites heures.

Mais elle ne pouvait pas attendre… Elle se dirigea vers le service où il était enfermé, il était là. Un grillage très épais les séparait, mais leurs mains se touchaient. Ils ne parlèrent pas beaucoup, puis Illya pleura.

Un homme, la quarantaine et bedonnant, vint à la rencontre de Léonard :

— Yo le maskis, tu n'as pas une clope ?!

— Désolé, je suis non-fumeur.

— Allez, je suis sûr que t'en as une…

L'homme bedonnant attrapa Léonard par le col, lui cracha au visage en voulant le faire dire qu'il avait une clope.

— Putain, lâche-le, connard ! Ou je te fais la peau ! Défends-toi, Léonard ! cria Illya.

— Si je me défends, je risque de pas contrôler ma force…

Il se dit « Oh et puis merde » et lui mit un coup de tête, qui lui fracassa l'arcade, ruisselante de sang…

— Putain d'merde ! Je vais finir à l'isolement pour ça…

— Dépêche-toi de prendre ta pause !

— OK, répondit Léonard sans plus attendre.

Illya courut comme une dératée jusqu'au point de sortie du service de Léonard. Ils étaient pressés, très pressés, elle le prit par la main et ils coururent jusqu'à la sortie. Haletants, ils trouvaient le moyen de papoter…

— Tu sais comme je suis…Je leur ai sorti des « Elle est où la poulette ? » et compagnie, c'était de l'humour, on m'a dit que j'étais fou…

Illya ne répondit rien, elle continua de courir à travers les ruelles en tenant sa main.

Finalement, elle décrocha :

— On a deux options. Soit on va chez moi à Aix-en-Provence. L'avantage, c'est que c'est plus simple et c'est une ville bourrée de jeunes qui te ressemblent parmi lesquels tu pourras te cacher. Ou si tu ne te sens pas vraiment en sécurité, on peut aller chez mes parents à Varsovie…

— Et Victor et Valentin sont dans les emmerdes jusqu'au cou, ta tante et ton oncle sont morts, et mes parents le sont aussi…

— Qu'est-ce que tu décides ?

— Je préférerais rester en France.

— OK, il faut qu'on atteigne la gare.

Arrivés à la maison des trains, ils virent le prochain départ pour Aix/Marseille dans trois quarts d'heure, ça faisait quarante minutes qu'ils s'étaient échappés. Quarante plus quarante-cinq, deux heures vingt-cinq. L'alerte avait dû être donnée un petit quart d'heure après le moment où Léonard était censé revenir.

— S'ils sont malins, ils enverront des flics ou des infirmiers à la gare… On fait du stop ?

— J'hésite… Bon je te fais confiance…

Les gens prenaient beaucoup moins les auto-stoppeurs depuis les attentats… Mais comme ils avaient une bonne bouille, ils trouvèrent une voiture.

— Vous allez où les jeunes ?

— Aix-en-Provence.

Aix-en-Provence
Juillet 2013
(À ses 18 ans)

(Musique : « Castle of glass » de Linkin Park &« À ma place » d'Axel Bauer)

Une fois chez Illya, nos deux héros eurent la surprise de voir une farandole de sacs poubelles devant l'entrée de la chambre universitaire d'Illya. Une concierge, assez déçue par la vie, leur expliqua que le chèque qu'avait donné Illya était sans solde, la chambre avait vingt et un jours de retard de paiement, et on la mettait dehors.

Illya essuya une larme et dit :

— Très bien…

Léonard, par peur d'empirer les choses, ne dit rien…

Illya prit un gros sac à dos, y mit une photo encadrée de son père et sa mère, quelques clés USB remplies de souvenirs, des trucs à bouffer et des vêtements, ainsi que soixante-sept euros en liquide…

— D'une certaine manière, je suppose que puisqu'on a nulle part où aller…on est complètement libre.

Mais Illya n'en démordait pas si facilement.

— Toi, tu vas te cacher à Varsovie. Moi, je fais clodo ici et je commence mes études comme prévu. J'avais envisagé les choses comme ça. Je suis venue pour te sauver, pas t'apporter la vie de rêve… Désolée…

Maurs la Jolie
Août 2013
(À ses 18 ans)

(Musique : « All apologies » de Nirvana et « A place for my head » de Linkin Park)

Heureusement qu'on n'était pas en hiver, beau temps pour vivre dans la rue... Par la suite, Illya récupéra le nécessaire de base pour dessiner, en claquant une bonne partie de ses économies.

Un sandwich à Aix coûtant trois euros, en vendant un dessin vingt euros, elle avait six « repas ». Illya s'asseyait sur le sol, n'interpellait personne, n'était pas saoule, elle mettait seulement en valeur ses dessins. Mickey, Mario, Donald Duck, des princesses, des licornes... Elle avait son style propre qui se vendait plutôt bien. Mais pour acquérir un toit, c'était bien plus compliqué, il faudrait vendre beaucoup, beaucoup de dessins...

Un jour, Nicolas et Axel, deux potes de la formation Bac, la surprirent sur un trottoir, sous une couverture à dix euros avec quelques bagages et des dessins tout autour. Ils l'interpellèrent :

— Hé, Illya, ça fait un bail(pas tant que ça en fait) !Ça te dit de venir avec nous dans le Cantal ?

— Ben...je n'ai guère mieux à faire alors oui... Mais je dois être rentrée en septembre pour la fac.

La ville était très jolie, très ensoleillée, les commerçants et les boutiques étaient charmants, il y avait d'interminables pentes à ravaler et...

la maison…

— Tiens, regarde Axel, cette baraque…

Un seul étage, les volets clos, une teinte de pierre jaunie par l'usure, une porte en bois mal peinte et qui s'effilochait… Deux maisons mitoyennes qui elles aussi sentaient l'abandon… Seule la maison du milieu avait une porte… ouverte !

— Tu as vu la porte est très légèrement entrebâillée ! D'une dizaine de centimètres précisément, je dirais…

Illya, Axel et Nicolas s'approchèrent de l'étrange maison, se concertèrent, fermèrent la porte, avant de repartir sur le chemin, faire quelques courses et prendre un verre. Un seul. Sur le chemin du retour… Ils appréhendaient de croiser LA maison…

— Putain… La porte est entrebâillée d'une dizaine de centimètres, pile-poil comme avant ! paniqua Nicolas.

— On peut être sûr que quelqu'un vit ici.

— Quelqu'un…ou quelque chose ? dit Illya.

— Tu penses à ce que je pense ?

— Oui… Un *poltergeist*…

Illya décréta qu'elle n'était pas esclave de sa peur et entra, suivie de ses deux amis qui se cachaient derrière sa personne.

Du bois partout, de la faïence explosée. L'obscurité… malgré la lumière du jour et un escalier d'où provenaient des… bruits.

Illya mit un pied sur l'escalier, deuxième marche… C'était très sombre. Quand soudain.... Les ricanements, puis les cris démoniaques...

Ils prirent leurs jambes à leur cou... Courant à toute vitesse vers le petit fourgon de Nicolas.

Une fois en sécurité, ils descendirent quelques Ricard...

— C'est Illya qui nous a protégés, décréta Axel, elle a quelque chose de spécial.

Dans ses yeux... Tout dans ses yeux... Ses yeux...

Illya offrit un gâté à ses deux amis puis déclara avoir quelque chose à faire, seule...

Elle acheta tout ce qu'il fallait pour un cocktail Molotov, arriva à la maison et le lança par l'entrouverture d'exactement dix centimètres.

La maison brûla bien vite... Elle entendit les cris des esprits hurler... Déchirants... Quand les pompiers arrivèrent, heureusement, c'étaient des locaux qui connaissaient cette maison...

Elle plaida que l'incendie s'était déclaré tout seul.

— Petite, je te crois, et même si tu me mens, je suis content que cette maison ait brûlé.

Aix-en-Provence (via Internet)

Septembre 2013-janvier 2014

(À ses 18 ans)

(Musique : « Sweet home Alabama » de Lynyrd Skynyrd et « Where is my mind » de The Pixies)

Mail de Léonard à Illya

Salut biscotte,

Comment tu vas ? Bien, j'espère…

Je ne peux pas te filer de l'argent, parce que je n'en ai pas. Cependant, je pense beaucoup à toi.

C'est gentil d'avoir obtenu de tes parents qu'ils m'hébergent. Enfin, ils ont accepté à condition que je fasse ma part du potager… Mais ce n'est pas plus mal !

Alors, tu as commencé la fac ?! C'est bien ? Ici, c'est le calme plat, à part travailler au jardin et boire de la vodka… Tes parents sont fort aimables.

Je n'en peux plus de te voir bientôt…

Léonard

Mail de Illya à Léonard

Cher Léo,

La rentrée s'est bien passée. En ce moment, c'est boulot, boulot et encore boulot… Je connais un ou deux squats et j'ai pu acheter des couvertures… Je me suis aussi procuré de quoi dessiner, et ça suffit pour me faire manger… Je suis la mieux lotie des sans-abri…

Ah et euh…. Tu vas trouver ça bizarre, mais… je crois que je t'aime.

Signé ton Illya

Le prochain mail de Léonard se fit attendre…

Mail de Léonard à Illya

Mon petit oiseau,

Je suis content que tu parviennes à suivre tes études. Je sais que tu es très… ambitieuse… Et puis, surtout si tu te l'es mis dans la tête, impossible de l'en faire sortir. Tes dessins sont magnifiques, j'ai reçu les photos… Je ne comprends pas pourquoi tu vas dans un cursus scientifique et pas artistique.

Léonard

Léonard n'avait pas réagi à son « je t'aime »…

Mail de Illya à Léonard

Cher Léo,

Aujourd'hui, je passe mes partiels.

Je suis contente de tes gentils mots, mais ils manquent ceux que j'espérais…

C'est toujours délicat d'héberger une clodo, on ne sait jamais comment la faire partir. Mais j'ai une amie qui me propose un endroit où aller à condition de ne pas en abuser, s'il fait très froid, par exemple…

Dis-moi si mes sentiments sont partagés ?!...

Là aussi il se passa quelques jours avant que Léonard ne réponde.

Mail de Léonard à Illya

Ma colombe,

Je t'aime depuis le premier regard…

Et c'était tout (et déjà bien assez !).

Mail de Illya à Léonard

Tu sais que je ne suis pas une grande bavarde… Retiens bien cette date, car ce sera notre anniversaire.

Maintenant qu'on s'est déclarés, il faut qu'on le vive… Je ne supporterais pas d'avoir ce désir inassouvi en moi…

Mail de Léonard à Illya

Tes parents me disent de te dire qu'ils t'aiment. Je suis à la gare de Varsovie…

Peux-tu m'attendre à Marseille à 18 h ?

Extra - Sorry, I was your Dimitri (eng)

I don't write for you I only write for the feeling I have of you.

(Music: Nuclear Mike Oldfield)

    I met you one day in Lyon. You gave me your phone number. You were very welcoming. We saw each other again. You had a boyfriend. I was the second, sensuality only. That was good enough. You brought me a lot of love in such a short time. Suddenly One day no more news. You were in my songs, my novels... Little pieces of you... Not long ago, I found you on Facebook. I pointed out to you that it was inconsistent to keep me as a friend and not talk to me... Instead of talking to me, you removed me from your friends...

    I wondered a lot why. Then one day I understood. I was in a bar in my city and a guy was telling us that the end of the world was in a few weeks. To me, that was crazy. Even more, he shocked me, scared me. He bothered me. So, I reported him, and he was banned from that bar...

    But I know now... I was in this guy's shoes seven years ago. Of course, in the past seven years, I no longer had any resemblance to "that guy" but for you it was surely already too late. I would later had people with whom I wanted to keep in touch but not speak to them yet...

Shortly, in 2015, Richard Secor "Omniety the messenger" told me that the sea was going to cover all the land... Except Yellow Knife in the USA and Switzerland. This guy was a big myth, it never happened, and I scared this girlfriend I'm talking about since the beginning with these stories.

That's why she didn't want to talk to me anymore, because I told her we were all going to die. Richard was totally delirious. And I drive her felt bad. According to him he had a large number of planes... Anything...

It's normal you don't want to talk to me, even if it was a long time ago... Those who howl wolf don't make you want to...

Yet you were in my heart, my songs, and my texts.

Will I ever be forgiven?

Charles

Désolé d'avoir été ton Dimitri...
(Traduit de moi-même depuis l'anglais)
Je n'écris pas pour toi mais seulement pour le sentiment que j'ai de toi...

    Je t'ai rencontrée un jour à Lyon. Tu m'as donné ton numéro de téléphone. Tu étais très chaleureuse. D'ailleurs c'était l'un de tes traits de caractère principaux. On s'est revus. Tu avais déjà un copain. J'étais le second, ton ami sensuel. C'était plus que suffisant. Tu m'as apporté beaucoup d'amour en peu de temps. Soudainement, un beau jour, plus de nouvelles. Tu étais dans mes sons, mes nouvelles. Des petits bouts de toi. Bien plus tard, je t'ai retrouvée sur Facebook. J'ai souligné que c'était bizarre de m'avoir dans ses amis sans me parler. Et au lieu de me parler, tu m'as enlevé de tes amis. Quelle ironie ! Je l'avais bien cherché.

    Je me suis longtemps demandé pourquoi. Et un jour j'ai compris. J'étais dans un bar de ma ville et il y avait ce gars qui nous disait que la fin du monde était pour dans quelques semaines. Selon moi, il était fou. Il m'a choqué. Il m'a fait peur. Je l'ai reporté à la direction du bar.

    Mais je sais maintenant... Que j'étais à sa place exactement il y a sept ans. Bien sûr sept ans plus tard, je n'avais plus rien à voir avec ce gars. Mais à tes yeux, c'était sans doute déjà trop tard. J'ai moi aussi eu par la suite des gens que je ne voulais pas complètement virer de ma vie, mais pas discuter avec non plus...

    Il y a un moment en 2015, Richard Secor « Omniety le Messager » m'a dit que les eaux allaient recouvrir toutes les terres à part Yellow Knife aux USA et la Suisse... Ce gars était un mytho, ce n'est jamais arrivé. Et *j'ai fait peur à cette petite amie dont je parle depuis le début avec ces histoires.*

C'est pour cela qu'elle ne voulait plus me parler. Parce que je lui ai dit qu'on allait tous mourir. Ce Richard était totalement délirant. Et je l'ai fait se sentir mal. Selon lui, il avait plusieurs avions à son service... N'importe quoi...

C'est normal si tu ne veux plus me parler, même si c'était il y a longtemps. Ceux qui crient au loup ne donnent pas envie...

Tu es dans mon cœur, mes sons, mes textes.

Serais-je un jour pardonné ?

Charles

Extra (2) **Sahel**

    La demoiselle devait se situer autour des 25 ans, l'âge de maturité, quoi. J'étais dans ma zone habituelle quand je l'ai croisée pour la première fois avec son petit groupe d'amis. Elle était très dénudée, normal par cette canicule d'ouf ! Est-ce que les femmes aiment qu'on les regarde ? Certaines, pas toutes... Mais je ne pouvais m'empêcher... Son haut était tout petit et rose, dévoilant les trois quarts de son dos. Sa peau orientale, très mate, bronzée, mais elle restait caucasienne, peut-être un peu latino ou espagnole, à la rigueur. Ensuite, elle portait une minijupe blanche, avec un dessous blanc à l'intérieur genre minishort de la même couleur. Tout ce blanc contrastait joliment avec sa peau bronzée. Sa façon de se mouvoir avec grâce et de faire rebondir sa jupe... Elle gardait les cheveux longs et noirs, mais pas plus lisses que ça... Et ses jambes... Impeccables, parfaites. Puis bien sûr sa taille de guêpe.

    Le jeune homme qui l'accompagnait et lui tenait parfois la main, suivi de deux autres amies, se retourne vers moi. Il a un regard franc, puissant, mais pas méchant. L'œil de l'aigle, voilà ! Bon ! Les loups et les aigles ne se battent pas ensemble ! Ce jeune homme a les cheveux très courts, jaune paille teinté d'orange... Une couleur particulière. Il fait la même taille que la belle inconnue, donc assez petit pour un homme. Il n'est pas gros du tout, au contraire, il est plutôt sec, ses lèvres sont fines et il a même quelques taches de rousseur. Pas vraiment de moustache, mais un petit duvet. C'est le genre de regard gentil, mais protecteur que tout le monde aime... Il me dit :

— Pourquoi tu regardes ma copine ?

Je suis embarrassé :

— Ah…Euh… Tu as remarqué ? J'essayais d'être discret, je ne voulais pas importuner…

— Cette fille est en couple avec moi. Fais-toi une raison !

Je vois la porte de sortie :

— Ha ha ! Mais pas du tout. Je suis asexuel. J'aime juste bien regarder les belles femmes ou les beaux mecs comme… je regarderais une belle peinture. Dieu a mis la beauté dans…

— Ouais d'accord ! On a compris, tu aimes juste regarder, c'est ça ?

— Euh… Ce n'est pas vraiment exact, mais c'est à peu près ça… C'est compliqué…

— Bon allez, *bye*, mister chelou ! Je le prendrai moins mal la prochaine fois si tu recommences.

Les deux filles qui accompagnaient le couple émirent un petit rire, on aurait dit des jumelles. La demoiselle la plus belle ne laissa transparaître aucun signe d'émotion.

Je partis dans la direction opposée en soupirant de déception et rentrai chez moi manger une pizza aux oignons.

Le lendemain matin, j'allais à la bibliothèque et j'aperçus la mannequin d'hier. Elle était seule, et de surcroît, avançait d'un bon pas dans ma direction. Toujours aussi parfaite, elle m'adressa pour la première fois la parole :

— J'espère que tu n'as pas mal pris ce que disait Sylvain hier. Je me suis renseignée, je sais ce que c'est « asexuel », ça me met en confiance. Il… il veut juste faire ce qui est bien pour moi. En ce qui me concerne, j'ai l'habitude d'être regardée dans la rue. Mais si le mec s'en tient là, ce n'est vraiment pas un drame.

— Ah, super ! Merci pour les explications. Je n'aurais jamais pensé que tu m'adresses un jour la parole, tu vois…

— Mais c'est normal ! À cause de mon copain, tu t'es fait humilier en public… Allez, viens, on va boire un verre…

Personne au monde ne pouvait lui refuser ça…

Elle remarqua que j'étais aussi sans alcool. Elle, sa philosophie, c'était un verre par jour. Moi, zéro…

— Comment t'appelles-tu, au fait ?

Car il était vrai que dans cette génération spontanée, on parlait parfois des heures sans connaître nos prénoms.

— Sahel. Comme le désert.

— Wow ! C'est vraiment un joli nom !

— OK… Ce week-end avec Sylvain et les jumelles, on va aller camper en forêt. Est-ce que ça te dit de te joindre à nous ?

Elle ajoute tout doucement :

— L'une d'elles est célibataire…

Puis se rappelle :

— Oh mince, c'est vrai que tu es…

Je passais les détails sur cette orientation sexuelle compliquée à comprendre pour l'instant, pour ne pas l'embrouiller davantage.

— Quoi qu'il en soit, si tu aimes les *Chamallows*, les feux de camp, les bois et les histoires d'horreur, tu es le bienvenu…

Charles Vella & Flavie Gillot --

The End.